U0086129

滄海叢刊

葫蘆・再見

鄭明娳著

1975

東大圖書公司印行

行政院新聞局登記證局版臺業字第〇一九七號

中華民國六十四年四月初版

葫蘆・再見

基本定價貳元柒角捌分

著作者 鄭明娳
發行人 莊剛彰
出版者 東大圖書有限公司
總經銷 三民書局股份有限公司
印刷所 東大圖書有限公司
臺北市重慶南路一段六十一號二樓
郵政劃撥一〇七一七五號

序

像一掬琉璃陽光，像一握柔荑熏風，大學，在我初發現她的倩笑，正凝視她的端莊時，便遁入記憶的檔案；曾幾何時，留下一地落英。

總抑不下一顆太平凡的心靈，對新奇世界的訝異；也老兜不住一胸常激動的情懷，向文字夾層裏傾洩。

承認自己之易愁善感；也相信自己的爲賦新詞。但永不後悔曾締造過恁多良辰美景；又踩碎過如許海市蜃樓。

相信，在未來的回憶裏，我仍然最滿意過去這一段自己。有無窮的憧憬，信心與熱愛；有追逐的勇氣；有呈現的率眞。

初執教鞭時，對學生生涯猶有無窮繾綣。一年後，重作馮婦，研究生的奔波頂替了年輕才擁有的幸福。而今，連這僅有的名份都要剝落時，才猛然覺得，猛然覺得，年輕已在撥弄那臨去的秋波。

檢拾記憶，便搜出一些歷歷的陳迹，稍加整理。取捨之間，倒不在技巧之高低，而是自己或朋友對它的偏愛。雖然明知許多地方可以改變得較好些；但我仍偏愛稚嫩的青春，自足於年輕的「缺陷美」，毋寧是弊帚自珍的感情在作祟。

大二時，鄉下家裏的院子，栽了兩株「媽媽型」的葫蘆，生了一架的「葫」子「葫」孫。喜它身段兒好，愛它韻味兒俏，便摘下分送同好，不知跟它「葫」扯上什麼關係，大伙便管我叫「葫蘆」。這時節，便縱有千種無奈，也沒人理會，只好認了。畢業後，友朋風流雲散，重逢時，有的給我另起別號，有的已正經改喚名字。「葫蘆」逐漸銷聲，又使人無端念舊起來。畢竟，它伴我幾季璀璨的大學歲月。集裏所收，除了「訪圖書館記」是近作外，其他都是大學至畢業後一年間的產品。差近於我的「葫蘆時代」，而今，揮手「再見」，千般之外，又憑添另種「無奈」。

這些作品陸續發表，手中有時會不期然的接到一些鼓勵與指導。它們感動着我、鼓勵着我、提攜着我。便選了幾件帶批評性的作附錄。相信他們跟我的「葫蘆時代」一樣：「也許狂妄，也許多餘，但我尚覺得够資格去讚美別人。假使一絲火花因我而亮，我又何吝於付出呢？」（摘自洪萬生先生來信）。在我們老邁之後，也許會認為癡狂的熱情與衝動，太天真，豈知天真正是青春的可愛與可貴處；而青春，它總愛在彈指間便棄人而去，於是我便捕捉一些影子結成這個集子。

並不承認自己已「老邁」，但屬於「葫蘆」年齡的年輕，誠然已是昨日之日不可留。今而後，我仍會生活、仍會感動、仍有創作，但那必是另一種境界的「年輕」了。

報章上刊登的批評文字，如「評地獄谷」、「評稚情」及英譯「雲箋一束」本擬作爲附錄，碍於版權，只好割愛。附帶一提，各篇發表時，或用筆名旻黎，或用本名。僅「離別書」曾以「冷泉」筆名在臺大某校內刊物發表，另正式發表於「青溪」時，又易「劉中平」筆名，（皆出諸編者之意），於此一提，免有掠「美」之嫌。

民國六十四年三月於曲稗樓

葫蘆・再見目錄

元山行

平生為幽興

對於一個從未到過的地方，我總有份莫名的好奇。雖然我並不認爲它一定比我目前所處的地方更好，但必然有所不同。這，已經足夠讓我因好奇而願意去捉住任何接近它的機會。就這樣，我來到蘭陽平原，也這樣，走進了大元山。

我從來不把想像塗抹在未曾到過的地方，所以，我從來不曾想到過，蘭陽會這麼靜、這麼幽、又這麼綠；而當這一切，突然呈現在眼前時，我竟受寵若驚。我原以爲，蘭陽也不過只是一塊有人家有五穀的平原。

我原以爲，大元山也不過只是一座有樹林有小徑的山，直到我走進了它，才發現它也像人一樣有個性；它是那麼親切、風趣又調皮。

飛天老爺車

兩部車子，把我們這一羣「新老師」載向山裏，來到「古魯索道」，一車巨材正好緩緩上升，兩根鐵索，力擎千鈞，眞是匪夷所思，令人提心吊膽。不久，另一邊，緩緩降下一個木籠，停頓後，領隊招呼我們：

「第一組先上去！」

「上去？」

我瞪着木籠，兩公尺長，一公尺半寬，上方開了四個小洞，又黑又舊，活像非洲電影中的獵獸籠。

不過，我仍然第一個跳了上去，因爲，畢竟我沒有坐過這種會飛的籠子，即令是非洲的野獸，也不見得有福消受呢。

我趴在窗口邊，下巴正好可以擱在窗檻上，當木籠突然騰空而起，我們一聲低呼，又驚、又喜、又怕、又覺好玩之極。

木籠速度，由慢而快，所謂御風而行，大概差近似之，想不到這又老又醜的黑木籠有這等妙處，我便喚它做「飛天老爺車」。它雖年高，卻是老當益壯，「健步」如飛呢。據說，它還有一個更雅的名字：「纜車」。

索道是由山底通向山巔，坡度越來越大，尤其快達到頂端時，突然刹車，我們以爲拋了錨，斜嵌在半空裏，誠所謂「半吊子」，又開始懷疑「老爺車」的性能了，抵「站」後，鬆了手，透口氣，像檢了條命般，深自慶幸「吉人自有天相」。

第一道乘老爺車，完全沈醉在自已造成的「感覺」裏，當我第二度，並連續的七八道時，才發現，在纜車內外，也別有天地。

當老爺車橫度山巒時，底下一片蓊鬱的杉樹林，個個翹首仰望，我第一次發現自已能一覽無遺地俯視羣樹；也第一次發現，那些蜿蜒在樹邊，懷抱着山峯，被遺棄了的山徑，竟是那麼寂寞。

那一天，我定然會用我的足，來一步步地撫慰它。

大家都發現做「第一組」的人員，享有許多優先權，因此在後來的纜車開拔時，第一組的車廂便有人擠之患，不僅車外掛着琳瑯滿目的旅行袋，車內，更是特字號沙丁魚罐。我算是幸運有加，每回都摸到了窗邊，把下巴擱在欄上，起飛後，除了嘴巴略可動動，眼珠還可轉轉外，身體就被夾住了。不過，四面肉牆，老爺車上飛下降，倒是一點也不躭心會栽倒。這種經驗，只怕也是金錢所不易購得的。

太空蹦蹦車

離開飛天老爺車，跟前便是雙行細軌，不遠處，站着幾節木製五彩小車廂。遠看，像列小小洋房，尖細頂兒，長方身子，活像小孩堆疊的積木房，走近瞧它，又如兒童樂園裏的太空列車。領隊招呼我們：

「快來坐蹦蹦車！」

「蹦蹦車?」大家傻著臉問。

「你們坐上就知道了，」他笑笑：「它的老名叫蹦蹦車，新名叫機關車，不過，大家比較戀舊。」

我們魚貫進入這不收門票的太空列車，幾節細細的身子便在那苗條的鐵軌上婀娜多姿地滑行，車行不但蹦蹦有聲，且人坐木條凳上，亦蹦蹦而跳。這時，才知道這兒童玩具之名是其來有自的。

我喜歡那車廂蹦然有聲的節奏，也喜歡那像按了彈簧般蹦蹦而跳的滋味，更喜歡坐在車邊，望著兩行細軌，直往車底猛鑽，偶而經過小木橋，底下的涓涓細流，像持刀的頑童，劃破了車軌，嘻笑而去。

而我竟不知道，自己是那麼喜歡烟霧迷茫的境界，直到身處虛無縹緲間，才體味出它的陶然。

在這氤氳的下午，蹦蹦車攀援過山腰，穿透過浮雲時，我才看到、觸到、且感受到那些雲。我沒想像過，有一天，浮雲會在我身邊，在我腳下流竄，也不曉得，山裏的流雲竟是那麼調皮。他們在山間追逐著，嘻鬧著，玩著那熱門的團體遊戲。而另外，幾朵閒雲野鶴般流浪在天邊，掛著一絲悠然的莞爾。

當我們的太空蹦蹦車駐足在索道邊時，雲更濃更擠了，像爭聚在崖邊候駕的隊伍。立在鐵索邊，迎着那拂身而過的雲、霧，一股溼涼，直沁心脾。當我們再次登上飛天老爺車時，腳下，只是一片壓縮著、滾動著的白，而那可愛的蹦蹦車，便被吞噬在那一片白裏。

那迎接我們，又送走我們的袖珍蹦蹦車，可愛，可親，亦復可戀。

息肩元山莊

抵達元山招待所，我便發現了一塊可以利用雙腿的地方。屋後，是一山的苗圃，有層層上升的梯階，我們便拾階而上。尋野花，摘草莓，登高而望極，幾座山圍抱著招待所，中間嵌上一條大溪。這兒的河流別具風味，河床寬廣極具氣派，而流水卻很細緻秀氣。想著雨季來時，或山洪暴發時，必然又是另一番磅礴氣象了。

山裏的夜，來得特別早，在飽嘗一頓極豐富的晚餐後，夜幕便罩了下來。因爲，它知道，夜是它得意的一面。

餘興節目停止，當總幹事那一席諄諄言語仍裊繞耳際時，才八點半，山裏便準備要熄燈。因爲，有更好的燈即將取代它。

在熄燈前，我鑽到林邊木凳坐下，幾株路燈舖亮了水泥梯階，而腳下，隔著一層樹林，是招待所的辦公室、醫務室，那一大排木屋，那用木頭隔出的方格窗櫺，很像舊時有著天井的寬大古樸的房屋。有兩間房，透出暈黃的燈光，在這身著寒衣的深山夜裏，一股暖意，便由那兒緩緩冒出。是誰，在挑燈夜讀？是誰，正在那一團溫暖中而並不自知？

當整座山，一下子被投入了黑暗，我便開始尋找那該她值班而姍姍來遲的月頭。是月兒過於含蓄？還是遊雲過於惡霸？我走到臺階下，苦苦地等候，那躲在雲屏之後的撐燈小姐。

沒有鳥啼，也沒有蟲鳴，只有遠處，那淙淙山澗，彷彿聲勢浩蕩般的唱著歌，眞難以想像，白日纖瘦的他們，竟在夜晚喧鬧起來了。

半輪新月，微露香腮，是那雲，刁鑽的雲，攬住了她，他們放開了她，卻仍不時在她身邊撩撥著、搗蛋著。

倦遊的雲，憩息在山邊，銀光瀉滿了整個山莊，我才發現，夜晚的元山，竟像一朵待綻的紫羅蘭。假使你不注意，你不會發現她的美麗；假使你不細玩，你便不會感受到她襲人的青春氣息，假使你不接近，你更不會嗅到她的清香。

頑皮的山風，鑽入我的鼻心，翻了個跟頭，使我連打幾個噴嚏，才跑出來，是催我離開石階？抑是嫌我來得冒昧？

我便用這樣一個夜晚來感受這山裏的夜，雖然我知道，我根本還談不上體認它、了解它。

尋翠翠峯湖

第二天，行程的目的地是翠峯湖。我們坐一段車，便捨車而徒步，循著蹦蹦車的小軌道，一步一蹦地往前邁。不走路，我們便不曉得軌道是一節節湊起來的，不徒步，我們便不見山壁被鑿的累累痕跡；而這一條人工開發出來的山腰鐵道，竟是這麼漫長。

在腹飢足酸時，我們抵達終站。循着因陋就簡的小木梯及土階，我們走向湖底，軟綿綿、鬆泡泡的湖邊泥地，像踩在特製地毯上。在這乾季，湖水藍得近墨，有一片土砂呈現出來，也有一叢黃草乾枯在山風中。湖邊，還有綿綿密林。如果這是帶霧的清晨或傍晚，相信氣氛會更羅曼蒂克；如果這是雨季，相信豐滿的湖會更撩人。

既然這是正午，高山上的陽光顯得溫柔多姿，我便挑了塊草地，仰躺着，享受一下負日之暄；正對著我的，是那也在打瞌睡的雲呢；翻個身，靜靜湖面，這兒靜得把水都幽住了。

有人說，來這兒隱居很好；有人說，在此避暑很不錯；而我，只管靜靜享受一下這既得之樂，也唯其如此，我才會懂得要去接近它、欣賞它、享受它與珍惜它。

我們又被催上太空蹦蹦車，要趕路回家了。我趴在窗口，捕捉翠峯湖的最後一個投影。我留意她那小巧玲瓏的身裁，幽靜恬然的嫵媚，與遺世忘我的悠然。

「妳實在很孩子氣的。」小薑說。

孩子氣，有什麼不可以呢？假使我仍然可以，可以保留一點稚氣，一份赤子之心，一些愛心與癡念，我爲什麼不留住它呢？最傻的是在郊遊途中拿出撲克牌來「消遣」的人，最可惜的是當我們可以仍然年輕時，我們放棄了它。

我喜歡，花上一整天，或好些天，去追逐那一點幽興。每在我歸家後的涼夜裏，懶在床上，心裏反芻着白日的奔馳；也同時感受着因勞動而腰酸足疲的滋味，這才證明了我的收穫，不論在精神上或肉體上。我喜歡，在追逐之後的小小留戀，那最鮮明，最動心的是抓不住的、卽將成爲過去的現在。

而元山之行，就在我捕捉它的那一刻，跳入了記憶。

（六十一年十一月六日聯合副刊
選入現代散文選）

後記

「元山行」，是我離開大學，步入社會的第一篇作品。眞慶幸自己有這麼快樂的開始。常想，去蘭陽一年，卽使什麼也沒得到，只玩過一趟元山，只寫出這一篇元山行，也夠了。何曾想到過，我在離開時，心裏充塞著的是滿滿的依依，無限的留戀。

「元山行」登出來之後，曾在中外文學聚餐上有一面之雅的子于先生給我寄來一信。信寫得很俏皮，很可愛，全然是「子于之風」。幾句好話，把人說得酥酥的，好不高興，便回他一信。我們便決定再玩一次元山。

第二度爬元山，我們是一行七個人。因爲是在假日，蹦蹦車、纜車泰半休息，事先又未訂好，幾乎整個元山是「爬」完的。繞着整坐山，走在羊腸小徑上，起先是又輕鬆又痛快，到後來，只見日薄西山，而前途茫茫，山裏又只有我們七個人，頗叫人心驚膽跳的，只好硬着頭皮往前撞，後來總算走到招待所了。二度元山行滋味已跟第一遭大相逕庭，當時雜務纏身，沒能把這種刺激風味捕捉下來。

最高興的是，下山之後，子于先生說：這是他爬山經歷中最痛快的一次。不管他是眞心還是「假意」來逗我，我都高興萬分。

我覺得我們往來的幾封信也蠻好玩的，便附在文後。子于先生對我建議的第一項我已照他的意思改了，而第二項，不太清楚所指何在，只好放下。

××：

還記得吧，我是子于。好嗎？

在聯合副刊讀到元山行。那麼好，忍不住不喝聲采，逗逗妳！

剛讀，覺着盡管是位國文老師，也不必那麼文縐縐。可是，讀著又想，年輕人說話愛用成語，女孩子寫文章文縐縐才透着水嫩氣息。讀完，又深深感到這些全沒什麼好說的了。通篇揚溢着鮮活的歡欣、輕甜，不這樣搭配，眞就沒這麼好了。

不過我還是要說，若敎我寫，一定把：

「上去？」

另起行。因爲它給捉想的太多了，除去妳的說明以外，它本身就表達着好多、好多。

後一個「蹦蹦車?」應該隱在裏面。

惹得人心痒，眞想找空空兒敲敲妳的竹槓，也把我們帶進元山。我們是包括××，雖然不曉得他對河山抱什麼心腸！

未了，祝福妳！

文興更好，更濃！

子于啟

六一年十一月七日

傅老師：

眞高興您又讓我對元山喚回了一點記憶，（嘿，文縐縐！）儘管醉翁之意也許只在敲敲竹槓，但說得人家那麼受用，可眞只能把您往好處想。

執筆時，有些地方「照顧不週」。您說的有理，下次，如果「元山行」有機會重新排版時，一定叫「上去?」跟下一句「分居」，而讓「蹦蹦車」跟下一句「隱居」去，您說可好？我可眞準備硬着頭皮接受您一敲呢（只希望不至「槓上開花」才好），只不曉得您對河山抱什麼心腸呢，眞怕您「考證」之下，我只不過是土包子進城，野人獻曝哪！

××也久涎元山（您老可也眞是的，要敲人家嘛，怎麼還拖泥帶水的，敲多了，頭不大，可也挺疼的哩！），只因一直「師出無名」，難得您提他一把。元山只是太平山的一峯，（一般玩元山的人較少）非團體性的遊玩，我還要打聽一下怎麼辦，要辦入山證。寒假入山，不知您可等得了？如果運氣好，還可以看到雪景哩。祝福您

××敬上

××：

謝謝來信！信也寫得這麼俏皮，心眼兒就是多！說實在的，我是眞格爲元山行寫得好，才忍不住寫那封信。既然問到我對山抱什麼心腸，不妨說給妳！

我生在平地，後來學採礦。從大一開始，差不多每有假期全要進山。因爲修山的學分。出學校，又有四、五年朝着山討生活，說說山對我抱什麼心腸！他一定討厭我，因爲淨挖他掘他。他一定也笑我沒出息。雖然也學過簡單爬山技術，但從來沒心爬山。只喜愛走走，或坐下來看看。我愛一個人或幾個人慢慢地在山裏走走，再不就坐下來靜靜地看。我從來沒有爬到最高處逞能或顯本事的心腸。

「元山行」裏最勾搭我的是：從吊籠往下看到山腰裏有人走過的小道。勾起我往日的毛病。

我最怕山裏的小道，看到他我只想走下去。他太迷人，只想跟着他走。那怕走到幾戶人家，走下一個鎭甸，有一次跟着他走到一個河口。所以同學、同事們全提防着我。因爲

我走下去就不想回頭，惹得他們找不到我。這樣走，眞會使我把什麼都忘了。有一次走了一整天，眞就想不起吃什麼。不過，這全是三十多年前的勾當了。偶而在夢裏……。教我睜着眼，現在早沒那麼大力氣了。

也就是這樣吧！這叫做什麼心腸呢？隨妳說吧！竹槓也許敲定了。但不必着急，用不着太操心。只是有機會幫我們想着，妳再去不要丢下我們。只怨妳元山行寫得那麼好啦！　祝福

安好！

子于上

十一月十九日

寄給童年

妳，雖離我那麼遙遠，但有時又彷彿只一線之隔。在我盼望妳來而妳讓我難以捉摸的時候，妳離我竟像個魂夢難及的境界。但是當妳翩然而臨的時候，啊，我們眞像一對久違重逢的知己。

在追逐著成長的歲月裏，妳給一個小女孩以幼稚的歡樂，天眞的眼淚，小小的苦楚。雖然，那在往後的追憶裏認爲是缺乏色彩的。但是，在趨往成熟的過程中，單調亦是必須的。

假如，過去沒有那一抹淡淡色素的渲染，而今，我不會懂得要抓住一些足以讓人心悸的東西，一些轉瞬間足以籠罩靈魂的影子！多意外，一些爬滿綠苔的古舊日子，竟能培育出璀璨的花朵。

過去，在我無知的年月，和妳在一起的時候，我總是胡鬧的時候太多，靜思的時候太少，我做着一些平凡小女孩所愛做的行爲，恣意的把玩樂當做享受，而把讀書認爲是苦刑。

啊，苦刑！多麼孩子氣的想法，了解，沒有多少個孩子知道書本中是遍地黃金，沒有幾個孩子氣的想法，沈思對於成熟的重要。

我的世界，由單純而複雜，由平淡而離奇，如今在人間的恩怨愛惡中失去平靜時，才意識到妳已離我遠去，而把人生所應有的負擔讓我獨自去承受。

有人說，生命是圈兒般的循環，或者會從「將來」又走向「過去」的路上去。但是，我不願，雖然我想念著妳，但不願意兒時能再；生命中有許多事情，一次的經歷才正恰到好處，如果舊事能再，妳便不懂得珍惜。

妳聽過一位作家說嗎？他說：「假如生命是無味的，我不要來生，假如生命是有趣的，今生已滿足了。」是的，我也是不願作徒勞的盼望的。何況，往後的日子裏，妳也有偶然造訪的時候，當我登上天祥的「天堂岩」及北投的「地獄谷」時，總有過去的那一份悸動與頑皮，我喜歡妳出其不意的給我一個驚奇，我喜歡在我生薛的門扉上，突然有妳的輕叩，也因此，那些流淌在妳懷裏的記憶是多麼叫人回味！

不論過去或者將來，我都不會有叱咤風雲的事蹟，也許妳早已了解我，那從來也不曾變成我的夢想。我只是個追求淡淡如水的女孩，只是個講究平平穩穩的人物。我也一直相信自己是個忍受得了寂寞的人。過去，妳給我這種嚐受，在將來，我相信，寂寞只有使我更堅強。妳知道，我始終固執着不肯把「知己」的標準降低，這，我是比遵守三餐定食的原則更堅持的，因此，我必須承受固執換來的代價。

總之，爲了成熟，我必須放棄許多東西，比方說，妳。而且，我還要嘗試各種滋味，比方說，孤獨與寂寞，妳知道我是願意的；讓過去的過去，迎接要來的一切吧。

時移事易，我成長着，三月，花季帶給陽明山一片斑斕，春風吹醒百草，百草浮起萬花，而萬花簇擁着妳。妳又降臨了，佇立在那些仍然被稱爲幼稚的孩子的臉上，也同時潛藏在我底心靈深處。

（五十九年五月十六日中國時報）

寄第一張畢業照

我是這樣愉快——不敢說光榮——戴上這頂學士帽，雖然每年總有千百個人去戴它。可是，我卻執意相信只有自己才能體會出它所給我的意義。

它並不代表一百五十個學分，也不代表通過了的八個印戳，它只意味了四年來我所經歷過的情事，已然到了一個階段。而這階段充滿了友情、眞誠、學習與努力——所以，我相信我的愉快不是沒有本的。

從照相館出來，我便想及，第一張，該給你。

唯一使我這樣敝帚自珍地把第一張畢業照這麼「有意義」地送給你的理由，便是，因你幫助了我賦它以意義。

記得許多人都在他畢業時這麼說：「大學，就是一個你剛進去自以爲什麼都知道，畢業時才了解自己什麼都不知道的地方。」如今，我可以否定它了，在剛進大學時，我便承認了自己的無知無能，今天，在跨出大學之門的前夕，雖然我發現了自己更多無知無能的地方，但那何嘗不是因我的進步才會促成的「新發現」呢！

雖然我不知道前途還有多少要跋涉的地方，但是，只要知道自己是走在「進步」的路上，便差堪自慰了。

剛進大學時，並沒有對大學生活存過太多幻想，我原不是個慣於用幻想來換取失望的人，甚至於，我還時常反芻着中學老師經常叮嚀的那句話：「人的世故與薄情隨着小學、初中、高中、大學、社會而與日俱增；友情與熱心卻隨着小學、初中、高中、大學、社會而直線下降。」原以爲大學就像社會，充滿了機心，卻沒有料到在大學裏，只要你以誠待人，仍然可以找到一片樂土。

四年來，我便在這片「不毛之地」上灌溉着。而今，收穫季已到，我才發現自己擁有那麼多；對書本的嗜好、對問題的執着、交朋友的愉快、做事情的努力，這些力量與感受，不論在學問上、心境上、格調上與做人上都充實了我、豐富了我；也都不是當初我認爲重要，且只要肯追求就能得到的。

感情是一件我們最樂意挑荷的負擔；學問是一樁我們最熱心挖掘的寶藏。

過去，在升學考的壓迫下，我從來沒有想到過，有一天，自己會很愉快地陷入書堆中。記得第一次暢談，你便一見如故地指導我點史記、看小說，還要我把文章拿給你看。那一天——我始終這麼相信——當我踏出信與冰果店，也同時踩入了爲學之門。

雖然我時常嘆息自己用功得太晚，但又不禁慶幸自己亡羊補牢之得時。學問之道雖然沒有取巧的捷徑，可是想順利走上正途也不是一件容易的事，正所謂「夫子之牆數仞，不得其門而入，不見宗廟之美，百官之富，得其門者或寡矣。」記得李教授也說過：「有些人一生孜孜矻矻，確實很努力很認眞地做學問，但是他不能成功，這是因爲不懂做學問的方法。」我們也許有很多有才學、有功力的老師，但是他們可能並不知道——或者並沒有想到，要先把做學問的方法敎給我們——他總要我們也像他們過去一樣，自己從摸索中成長。你過去沒有明師指引，也是自個從寃枉路中摸索出來。而我，在一開始，便受到你的指引和協助，省卻許多無謂的徬徨與歧途，便走上了爲學的大路。

你教我唸書，從史記漢書着手，你教我寫文章，先李白後杜甫；你指引我做學問的路徑，大處着眼小處着手；你鼓勵我寫作，又從我的文章中千挑百揀的指出許多大大小小的毛病來。記得你是我過去每一篇文章的第一個讀者，有時，在還沒有投稿之前便遭你退回：重新改寫或重抄——你的字並不瀟洒，可是卻要求我的字要規矩漂亮——每次瞧着自己那筆很「浪漫」氣派的字跡，我總是這樣忿忿地罵你。

這幾年，我嘗試着對幾個專題作過進一步的探討，原以爲做這種枯燥論文是吃力不討好的工作，卻沒想到整個資料竟像一跤跌進了爛泥潭，越陷越深，既舒服又難過，個中滋味眞是回味無窮。

最近，我便時常想起，某些「枯燥」的論題，我們當初之所以厭煩它，只是因爲我們沒有接觸它、接受它、了解它、深入它而已。

在你的「濡染」下，大學四年，我逃過課，也俏過皮，有位仁兄說過：「逃課並不一定是逃學，曠課並不一定是曠學。」我們深表贊同。當我們被一個問題所着迷時，當我們認爲某位先生眞正無法給我們什麼時，當我認爲逃課之後所做的事比上課更有意義時，我自己便很「理直氣壯」地「隨心所欲」了。

在學問上，我知道自己根基不厚，所得只是皮毛。但是，我卻很欣然於自己在這基層上所學的一點收穫，和因這所得而使我更躍躍欲試的興奮。

畢業，也使我意識到四年來自己所承受的感情。

我雖然並不特別喜歡這個培育我四年的大學這個系科，但是，我卻眞正感念在這個學校，這個系裏，幾年來關心我的師友所給我的光和熱。

上大學後，你是我第一個認識而深交的人。之後，因着你，我認識了更多的人，也結交了更多的知友——說知友一點也不過份。因了這幾年的體認，我才了解到，被認識、被了解、被體諒與被欣賞是多麼感人的一宗事。由於交友我也才知道，一個在你心中有份量的朋友，不在於他的才氣、相貌、能力與學識，最重要的是他的心境與你相通，知友便由斯而來。

因交友，我不但體會到靈犀相通的樂趣，也領會了率性而為的愉悅。提起率性，我便想及自己那多稜多角的脾氣來，急躁、刁鑽而又任性。在好朋友面前尤其一覽無遺。我也知道，當我對一個朋友發脾氣，使性子時，那正表示我對他不見外了。

事實也很奇妙，當對方成為你的知友時，許多缺點不但不是缺點，反而成了特性；急躁也許會變成果斷，刁頑也許成了俏皮，任性變成有「個性」。說穿了，也不過是因為戴了知友的「有色」眼鏡罷了。

坦率使我不必花費心思裝點自己、約束自己，也不必掩飾自己的缺點、愚昧與無知。坦率使我揭除虛偽與膽怯的外衣，更能接近那些願意了解我與被我了解的人。

我原來只是一艘孤獨行駛於海上的小帆。而今，載滿了「學習的信心」與「感情的愛心」，我便想起了那最先引渡我的朋友。

想起那年，你只因見了我一篇草稿，便與致勃勃地開始鼓勵我。那一年，在所有這些不認識我的人之前，你便先認識了我、承認我、欣賞我、肯定我；並不只是因你認識了我的優點，而是因你同時認識了我的缺點；並不是要你肯定我的天份與成績，而是因你肯定了我努力的信心，以及努力之後的希望，希望之後的成果。在我，你是良師、是益友、也是知音。你指導我做學問，砥礪我唸書，鼓勵我寫作，糾正我的錯誤，容忍我的脾性，又教導我做人。在別人對我讚譽之後，你仍然責備我、鞭策我、鼓勵我。

「畢業」使我頻生眷念與回憶。記得很早，我們就同時說過：不管世界——包括任何環境、心境，有任何變動，我們都會是最要好的朋友。

有一天，當我已然老邁，我也許還會再咀嚼這句話。不只是這些，還有那在我最年輕時所結交的朋友們，以及那些摯友當中最先的一位——我多麼慶幸人生並沒有多少個年輕的時代，那使我更加寶貴自己這一節年輕。

想到這些，生命之帆便又脹滿了暖暖的風，逐漸駛向「前程」，前程也許似錦，前程也許如霧，而我勢必往前。

於是，我便用這張照片，做我生命上的一個逗號，相信你會了解它的意義，體會它的份量，感受它的情意。

（六十一年六月二十五日聯合副刊
選入現代散文選）

葫蘆・再見

如果我夠聰明，早就該對妳說：「葫蘆，再見。」如果我是精明幹練的，我會使妳活得更璀璨、更持久。

事實上，我既不聰明，也不幹練。所以，一直到那天，在夢湖，逸文不再叫妳「葫蘆」，在錯愕中，我便知道，葫蘆已死，那被寵壞、慣壞、任性又倔強的葫蘆，已被判了死刑。

人生，有許多東西，不怕你從來沒有，就怕得而復失。儘管那只是一個符號，只是一個象徵。當初，大伙固執地冠妳以「葫蘆」，不爲什麼，只因妳的本名人人可得而呼，而「葫蘆」兩字只有少數人才能叫。事實上，妳並不很欣賞這個怪名兒，它「俗」得緊呢，葫蘆畫家、葫蘆里、葫蘆公寓，元曲中，尤其比比皆是。但是，大家那麼堅持，堅持在妳背後，偷偷地用手比畫着「葫蘆」形，妳不置可否了，因爲，欣賞他們那股堅持的傻勁眞是一種享受。

妳也許眞的可愛過，因爲，大三、大四本身就是個青春頂盛的符號，青春就是可愛。但也許正因妳太「青春」，便有着年輕人少不更事的缺失。所以，與其說妳可愛，勿寧說妳更可煩；妳帶給朋友們快樂，也帶給他們失望與煩惱——而快樂總像點水蜻蜓，煩惱卻如結網蜘蛛。

畢業後，我被「貶謫」到蘭陽，沒有想到，這正是我們分道揚鑣的時候。

三月的蘭陽，總愛跟陣雨打個照面，便露出笑臉，長虹橫臥在平原盡頭，懶懶地，又悄悄地撩起人的遐思。常常，撩起妳，及妳周圍的朋友。

我始終懷念兩年前龍山寺的「啤酒大會」，當時收場雖然亂了些，但那時，正是我們「謦欬能奪杯色柔」的時候，妳正醉心在靈犀相通的享受裏，爲那些發自心底、純然無疵的感情而自豪，自詡爲曠古，自以爲把世界踩在腳下。

其實，另一次爲 Money 祝壽的「火鍋大會」，也使妳低徊再三，當時在坐雖然不盡是妳所欣賞的雅士豪客。然而，在這個階段，是我們幾個朋友相處得最融洽的一個標幟，回味它，豈只爲了那隻火鍋！那些陪客！

三月，溼漉漉的龍泉街，依舊一地的汚泥，我撐着傘，在臨五之一號門口探首探腦，才赫然發現，房子已拆平。猶記得我們在裏邊喝酒笑鬧，搓那不及格的麻將。夜深，妳便跟小師妹擠一張床。種種「寫意」的行爲，在我現在看來，妳似乎太放任了些。只是，想起被妳稱爲「一個不懂事的小女孩」，想起「當時意氣最相得」，我便用一聲輕喟，掩蓋住對妳的責備。

何況，眼前只剩一片廢墟。它會脫胎，會換骨，它會以嶄新的姿態重新出現，但它絕非舊時模樣。

我便讓鞋底搞遍了龍泉街的爛泥。這些泥，也許正是一年前你們所踩過的。我走到妳的「屋頂室」，妳的「火柴盒居」，那容納過妳一年笑聲的兩間小斗室，已另易新人，而三尺屋頂依舊，蒸蒸鬱氣照常，刨冰之聲仍然最恤耳，只是俊語不再壓得梁塵落，我一聲嘆息，淹沒在來往的人潮中。

回到臺北，走到龍泉街，總會來憑悼一下屋頂室，就會想起妳。想起那一陣子，妳實在被慣壞了，任性得不像話，仗着一點小聰明，仗着朋友對妳的無可奈何，就沒個天高地厚。犯一個錯，便等着別人的原諒。所以，妳怎麼會成熟？怎麼會曉事？放任使性，對妳好像是理所當然，天經地義。我眞懷疑，是誰給妳這「天賦人權」？

妳養了一頭長髮，天氣涼時，就「披頭散髮」，說是「天然瀑布」。天氣熱時，揪個馬尾。生起氣來，健步如飛，馬尾便直衝亂跳的，一副橫掃千軍的樣子。倦了，賴在床上，一頭烏髮，撒在白被單上，是誰說：「眞像一闋詞」，妳猛然坐起，半晌說不出話來，也許就是爲了這一點——我們經常挖掘到對方「與衆不同」的一面，而使我們能在有爭執的日子中，仍然愈過愈醇。可不是嗎？妳就常常會有「士爲知己死」的衝動。

說妳好，妳是天眞未鑿；說妳壞，妳是任性霸道，妳的過失也許正是「清如冰冽燠如室」。

妳從來不曾追悔過什麼，也許，那正是「葫蘆本色」。

但現在，我相信，如果妳經歷我所經歷過的，妳定然會升起莫名的追悔，妳定然會盼望時光能重流，妳必然會重新整理妳自己。

八個月前，我來到蘭陽，這也算是初入社會，我一向自以爲剛強獨立，不願意怕任何環境的挑戰——何況蘭陽是那麼溫柔。事實我錯了，我竟不知道自己有多軟弱，我不會對陌生人發脾氣，不會對同事冒火，甚至也不敢生學生的氣，即令偶而有過意氣用事，也會立刻「反躬自省」，「改邪歸正」。我幾乎不敢相信我是這麼解事——或者說，我骨子裏竟是這麼懦弱。

這一切的改變，我常想，也許都是基於妳已死，妳已遠遠地離我而去，失去妳，我有了很多反省的機會。

世界上有很多的不公平，我們往往對一些陌生人，比對一些眞心關懷我們的人更好；當然，以妳倔強的脾氣，一定會說：「我們交情夠，我才會發他脾氣。」我知道，在這一點，妳是相當吝嗇的，捨不得把自己的醜態及可愛表現給任何妳不欣賞的人看。

可是，我仍然固執地相信，以妳那感受性特強的心靈，來接觸一下社會，妳必會後悔，妳沒有把握住過去。對關心妳的人，妳付出太少，甚至對關心妳的老師，妳也讓他了解太少。如果——我多麼希望，妳能經歷我所經歷過的，那麼妳一定會像我一樣，會發誓：整頓自己，如果我們對陌生人有多好，我們便要對關心我們的人更好、更好。

但是，妳已經死了，死在二月的霪雨中。妳從來不曾追悔過什麼，那是因爲社會不曾教育妳。即令社會不曾提示妳什麼，踏在五月新霽的蘭陽平原，那晨曦、那向晚、那夜暮，都會逼着妳去反芻那些逝去的日子！

我很少爲妳的早逝而後悔。妳應該滿意，朝菌不知有晦朔，蟪蛄不知有春秋，而妳，葫蘆，一個符號，兩年的生命，雖然不算長，但妳得到過世界上最珍貴的東西，那也許是千萬人，跋涉過一生，而仍徒勞無獲的；而妳，在短短的兩年內，擁有一切妳肯定爲美好的東西。雖然，美好一如彩球，在妳正震撼於它的璀璨時，便在不小心中驚破了它。

五月，綿綿細雨罩了下來，回到臺北，便盼望着雨後天晴。穿過麗水街，去按老師的門鈴。小師妹出來應門，一見是我，便大叫：「葫蘆姐姐來了！」

我怳然、愕然而又泫然，茫茫細雨撒在臉上，那是一個被我逼入記憶裏，多麼深刻又多麼遙遠的符號啊！

我扶着門框，倒抽一口冷氣，似乎不敢問：

「老師在不在？」

「爸爸媽媽都不在家。」

我舒了一口氣，方才按門鈴時，我已經在後悔了。有許多東西，放在回憶裏是醇的，可是擺在現實中是澀的。

日子總是不留情地在人臉上劃過，才離開一年，才初入社會一年，我的心境卻已老邁不堪。我已經老得不敢去觸摸那些被我歸入回憶檔案中的現實。

在忙碌中，我便用妳來點綴我的心靈，想着妳以前的總總，想着妳離去的倩影，也只能這樣而已。因爲我已然知道，人不能只爲自己，主觀而自私地活着。所以，我時時用依戀的調子，提醒自己說：「葫蘆，再見。」

（六十二年十二月二十二日中國時報）

與你同行

那一次，太陽還熟睡在黑夜的胎裏，我們就已經摸索相約在車站。當黑暗由窗外溢進來，我便感到一陣興奮。相信你也是的，因為，車聲隆隆，即將把我們載向黎明。

當初陽在山間探首的時候，我們迎着它，就像走往一個初綻的希望。新秋的涼風也張開她的手，揮舞着，在我們的髮際。

御風而行，我們的步履輕快一如騰空而飛。啊，至今我還奇怪，那一天，為什麼那麼奇妙？連太陽也迫不及待的把露珠都喚醒。

我們沒有找着夢幻湖。但是你仍然開心：「沒關係，並非一定要到夢幻湖，我們只要爬爬山，透透氣，找個地方，人少、景勝，能讓我們躺着，心曠神怡、開懷暢談就行。」

我無言地首肯，因為我也和你一樣，追逐這種沒有目標的目標最有味道，無論如何，這使我們滿意。我始終高興，我們都有足夠的本錢，去消耗我們的體力，不只是消耗，而且是享受；享受自己的潛力、信心與快樂。

我們找到一塊平臺，沒有高林茂樹，只有一大片迤邐的草坡。沒有人烟，只有野花吐露着一片氤氳。我們就躺在那兒「吞雲吐霧」起來。

亮麗的晴空，藍明得像我們正開始編織的夢想。你張開手腳，笑着說：「朱元璋當年在草地上睡出『天子』兩個字，後來當眞做了天子。」

「那麼，你也想法子睡出『總統』兩個字來吧。」我打趣說。

「別笑我，野心不可有，大志不可無。」你說：「不過，我志不在此。」

我知道，你志不在此。你的志向在許多人眼中也許是可笑的，但，我相信它是神聖的。

你突然翻了一個身：「眞好，難得有這樣開放自己的機會！」

我了解你話裏的意義；不僅僅在形體上要舒展，在精神上，我們也用一年的時光證明了這一項眞理。我，怎麼說呢，眞理並不是用來掛在嘴巴上裝飾用的。它只是實行在難以言喻的行爲當中。我們無法讓別人了解，開放自己的好處，但是我仍然忍不住要說，一個人，只要他具有一點深度，不管他怎麼開放自己，他絕不會一覽無餘。恰好相反，他愈開放，就愈豐富了自己。

眞理總是少數人在享受與品味的；眞理總是「如人飲水，冷暖自知」的。

我總以爲，自己太平凡，平凡得會使所有關心我的人失望。殊不知，在這難以理喻的世界裏，每個人都會有一份連他自己也不曾發現的寶藏。

那麼，就讓我們來玩索自以爲是眞理的寶藏吧。

我們那麼酷愛暢談。偶爾，靜默點綴着、昇華着時，我便知道，又有一個新題材在那兒含苞欲放。就如同現在，躺在這樣美好的席夢思上，雲在高空，淡淡的逸去；風，又在低處，輕輕地擁來，製造着一份熱鬧的靜默；我們就這樣，享受着靜默；也讓靜默來享受我們。

在靜默裏，我才能了解自己，如同任何一個人，也有一份沈澱在心底、不可告人的消沈；也有另一份難以言喻的快樂，因爲人是多面的。只是，我不知道，人應該做他自己的主宰，像你一樣，那麼快樂便能蓋住消沈。

了解你，也同時了解自己；才知道，靈魂也能夠走在一道；雖然不是任何時候，雖然還有無窮的蔽塞須要打通；但是，那些互相脫軌的時候，那些互相交戰的日子，能平添多少樂趣！那些等待着我們的一系列，永遠追逐探索的遊戲又能增加多少認識！我們有足夠的自信，在精神上，永遠創造新形體，我們滿足我們在貧窮中，這一份富有。

「我們又能做眞正的自己了。」我敲破了靜寂。

你應聲：「在社會上，做自己沒什麼好處；但是，對自己，對自然，做眞我是太舒服了。」

不用迎合，不需諛詞，只用本色來裝飾自己。尤其是，把眞我呈現在另一個眞我的面前，在彼此的靈魂中找尋自己，太教人心怡了。

呈現自己也要找對象，那天，我想起來，很感慨的跟你說：「要讓別人了解自己眞難。昨天，我跟陳說，我也有精神極度疲倦的時候，他突然打斷我的話：『你別虛僞了吧，我看你雄心勃勃，積極進取，沒有一刻停下來過！』當時我多麼失望，我的心門尙未打開，他就替我關上了。」

你那時說：「你現在該知道莊子爲什麼只找惠施抬槓了吧？」只有你能了解，一個人，不管他外表多麼不可一世，他也有被消沈浸透的時候，偉人也有失敗的記錄，何況我呢！

當消沈來訪，我就憶起韋利夫人說的：「我是人，所以生下來就孤零。」也許有很多人孤零，但他並不自覺；也許有很多人嗜好孤獨，那是因爲他不知道有比孤獨更好的東西。何其幸運，我們同時走往一個方向，在寂寞的路上，互相排遣一點寂寞，製造一點快樂。我們懂得什麼叫快樂，那不僅僅是表現在臉上，也是在靈魂深處的一種享受。靈犀相通的快樂，充塞在心裏，就像宇宙斟滿了春風一般。

當黃昏來襲，立在歸途的分岔路口，我們輕快地道再見，因爲我們乘着淺笑的浪花歸去，下次，必將又帶着盈盈的希望再來。

時光會使我們老邁，人和人總要分開。有一天，啊，常想，有一天，當我們也像一切孤獨的老人，掉在回憶的烟縷中時，會多麼燦然，那些彩色的記憶！多麼奇妙，那些成爲過去的現在！

（六十年五月號純文學
選入純文學散文選）

後記

生命，像一把在手的鈔票，一定得花；在揮霍中，能得到無上的快樂；只是，它又不像鈔票，能在揮霍之後再賺回來。因此，多少個美麗的日子都只能在回憶中拷貝。

我不是個「吾日三省吾身」的人，但總愛每過一陣子便回味一下逝去的日子。而每次，當我翻檢舊日的册頁時，那最感動着我，使我覺得最富有的，便是友情的豐富。我從來不是個愛廣結交的人，也從來不曾刻意去製造友情。但是，我總覺得在這方面，自己「得天獨厚」；每一個關愛我的人，都遠比我關愛他，或我關愛自己更甚。

像Z對我，便使「吾無閒然矣」；她像對「老師」般尊敬我，又像對妹妹般照顧我，又永遠像個知音般陪伴我；對於一個在我失意時給我關注的慰藉，在我快樂時與我衷心共享的人，我還想向上帝奢求什麼呢？

大四時，我們共賃一個小鴿籠，只容得下一張上下舖床、兩張迷你書桌、兩張收靠椅子外，便無旋身之地。屋子是又小又矮又舊又破又溼。逢上陣雨，便「門迎流水」，遇到颱風，就「水漫金山」。我們管它叫「火柴盒居」。

這一年我沒有家教，也沒有固定「職業」，靠一隻筆，除了自己生活，還要負擔妹妹每個月四百元的伙食費。但這卻是一段窮得最開心的日子。

記得我畢業後要到蘭陽任教，報到那天，非搭早上六點半的火車不可。而我們慣於晚睡晏起，小鬧鐘久已報廢。愁得沒法子，她居然想出一個「妙方」來。

居然，我也那麼殘忍的讓她先睡個午覺，然後守夜到清晨五點，把我叫醒，她再補睡。

在我參加考試之前，她便託人從香港買了瓶白蘭地，說是放榜後要慶功，叫我直捏冷汗。因爲她是最不清楚我的程度卻最信任我會上榜的人。

H是個沈默的好人，一個頑固地守着「好」的人；對於這世界，這世界上的朋友、學校、學生，都默默地燃燒着自己。有些朋友，會因了解你而喜歡你，這會使你有獲得知音的歡欣；也有些朋友，會因了解你的一部分特長而欣賞你，那麼，你便有「專長得售」的快樂；但是，H卻是個完全直覺地、不用了解與深知便會喜愛一個人的人。

常常，世事並不如我們想像的好。所以，有時我們的生活便會徘徊在快樂與不快樂的邊緣上，甚至，人生觀也會游移在想活與不想活的矛盾裏。而不論我走在那一個極端，曾經處在怎的危急下，H便是第一個完全「本能」地想全力扶助我的人。他使我寂寞時仍能感到這世界的溫暖，且格外溫暖；也使我知道，即使我孤單地跌倒，仍然有人會來扶持我；我知道他有多平凡，也知道他有多高貴。

對於一個最會原諒我的人，只希望我快樂的人，我還能說什麼呢？

常常，覺得在蘭陽的那一年，是屬於我人生途中軌道外的日子。每當我回憶起初到時，一副「閉關自守」，準備「焚膏繼晷」的「勤讀」決心時，便不禁莞爾。在那樣一個連山水都充滿了情意的環境裏，卽令用門也關不住那撩人的春光。這一年，幾乎跑遍了蘭陽，從金盈瀑布爬到圳頭溪邊，從太平山顚落到仁澤溫泉，從梅花湖畔跑到大里聽濤，從蘇澳晨曦看到大溪漁火；我們曾經在冬天半夜騎單車跑到公舘看捕鰻，曾經早晨四點騎車趕到龍泉看日出。沒有這些，我怎知道該睜開眼來看看這世界？沒有這些，我怎會開放自己的個性，學會了幽默與俏皮？

而最給我意外感受的，是在離開蘭陽前後，幾個「高徒」，她們像朋友般依賴、信仰我。在那兒一年，只覺得也磨出了教書的方法，卻很少注意到她們的心靈趨向；所以每當捧讀信箋，便感到汗顏無地。

乍一返北，我就感到生活的壓力排山倒海地湧來。掙扎在生存空間的狹縫裏，不可免的要看到一些鈎心鬪角的醜陋面孔。曾經使我覺得，離開鄉村，彷彿便走上一條悲歌四起的長途。曾經，我想學習世故，學一點「手腕」，學會應付不喜歡的人。然而，我仍然放棄了，相信卽令我學，可能也學不「到家」，而如果一旦眞的學「會」了，埋沒了我眞正的面孔，豈非得不償失？

所幸，我知道，關心我的人仍會照顧我，引導我的人，仍會指示我。

「與你同行」是大三時寫的。那時，胸中的確充滿了友情的「富足」感。便寫了這樣一篇東西，當時很不滿意，覺得「言不盡意」。甚至還捨不得拿出來發表，總以爲蘊釀一陣子還可以提煉得稱心些。但卻一直沒有動它，擺了一陣子還是寄出去了。

曾經在一年級時的讀書筆記上寫道：「方吾之悲也一寸，則余抒諸文也僅得一分，方吾之悲也盈尺，雖披諸文，或可得一寸；然方余之悲也不可尺度，則吾亦無力搦筆矣，所謂萬千心事難寄也。」一直都這麼感覺：當我們感受太豐滿時，相對的表達力便見拙了。我總想找個機會把「與你同行」改得滿意些，把後來的感受再補進去，卻一直遲遲不敢動筆，也許還需假以時日吧！

採蘭篇

蘭雨

過去，從來不曾存心去體驗過雨，所以也從來不曾喜歡過它。中學時，最討厭帶雨具，而夏季的暴雷雨最喜歡下凡來「突擊檢查」，往往來勢汹汹，如風捲殘雲，把你擊得落花流水，然後揚長而去。那時候，爲了不耐久等，跨上單車，便橫衝直撞的奔回去，到家時，雨水已經滲進了心底，那裏還有興緻欣賞它。

大四時，莫來找我，逢着細雨，便吵着要出去散步，我瞧一眼龍泉街；濕漉漉、髒兮兮，便倒了胃。

莫搖搖頭，無奈地嘆着氣：妳是個傻丫頭。

幾個月來的今天，我才承認他那聲嘆息的份量。在蘭陽平原，幾個月來——也許，從亙古以來，經常漫天漫地的交織着細細雨網。我天天撐着傘，走半分鐘的水泥小徑去上課，那蘭陽微雨便懶洋洋地細細織着、緩緩飄着；織出夢樣的氤氳，飄下雲樣的軟綿。我踩在雲上，走進夢中。咳，眞想告訴莫，來這裏吧，撐我那把淡紫條紋的雨傘，蘭雨落得那麼袖珍，那麼溫柔，那麼詩意，沒有一點龍泉街的渾濁。

午飯後，我就搬了張小凳到宿舍側門陽臺上，去數落剪着細雨而飛的燕子，去諦聽雨滴蒲團的悄無聲息，去俯視點水蜻蜓的款款舞姿，也試圖去了解青草跟細雨的低聲呢喃。就這樣，我竟然戒掉了十年來的「痼疾」——午睡。

向晚，迎着薄暮，任那微雨在臉上搔癢。從宿舍後門出來，走往田埂間，許多亮着凄然淚眼的野草，仰着頭，撩着我的褲管。我佇足，他們是太寂寞了。

走完田埂，是一座小橋，薑花擁擠在溪邊，像要開她們的選美大會、又喧擾、又熱鬧、陣陣脂香，薰得人欲醉。而靜默在一邊的蓊鬱竹林，搖着肥腴的葉扇，在傍晚的雨中，悠閒地納涼。

轉過舊機場改成的馬路，繞個大彎，走向農校。

農校的前庭，具有第一眼便能迷住人的媚力，一彎小溪圈住校園，一溪菱花，列着隊兒，吹着小喇叭，很熱鬧地歡迎着人。踏進校門口，一條被大王椰夾着的柏油路，隔開了兩旁五六窪躺滿睡蓮的水池。既然有大王椰雄糾糾地四面侍衞，楊柳兒便放肆地，深情地彎下腰，跟那正酡紅着臉的睡蓮談情呢。

「咳！」我近乎嫉妒地吐了一口氣，走向那孤寂的涼亭，要是在臺北，只怕有人會來抽「愛情稅」了！

出了農校，穿過幾戶農家，再走入田埂，掬一把青草，摘一支薑花，點綴我那單調的案頭。見了外面的世界，才發現案頭太寂寞。畢竟，案頭山水那及地上文章呵！

投身在微雨中，也是培養回憶最好的酵母，那一天，我會走在另一個微雨的徑上反芻着蘭陽的微雨？

蘭陽是溫柔的，但也是熱情的。當那驟雨突降，一個急旋身，便又收斂裙裾，揚長而去時，讓你覺得，她熱情得太意外，太衝動，也太短促。彷彿一個你久戀的女孩，在冷不防中擁你一吻便又離你遠去。

偶而，平原的早晨會風光明媚得叫人心悸。但是，在任何時候，老天都有權突然陰霾下臉來，立刻像天河決了堤，雨如急箭，射向地心，雨如騎兵，衝向草原，幾聲響雷之後，便又鳴鼓收兵。我才興冲冲地把小凳搬到陽臺，而老天，已然亮麗地在上空笑歪了嘴。咳，我沒好氣地嘆息着，我還沒笑她「翻手爲雲，覆手爲雨」，她竟先笑起我來了。

有一次，我們到圳頭去玩，正在剝橘子，開罐頭，突然一陣急雨，一伙五個人都沒帶雨具，情急之下，到處亂翻，竟然在草堆中扒出一張藍色雨衣布來，撐起雨布，那豆大的雨點竟像從那可愛的棒球投手掌中滑出來的球，左下角，右上角，幾種變化球斜斜地殺將進來，我們無助地呆呆站着，承受她的鞭苔。這還不算，她竟很不客氣地從我們高擎的手心，滑進袖管，直鑽腋下，搔起人癢來。

蘭陽的急雨，實在太任性，想來就來，想走就走。我愛這急雨，她像極了過去的我——那輕俏的頑皮、那冷不防的刁鑽、那固執的任性——她哪裏知道我把她當知己般的寵着！

蘭「陽」

去年八月，剛剛落腳蘭陽平原。那時，天天烈日當空，陽光像把火，早晚升降旗時，不能打傘，不能戴帽，光着脖子，露着膀子，活生生的「蒙古烤肉」，心裏直叫苦。過了一個多禮拜，才知道，蘭「陽」竟只是在給我這「異鄉人」來個下馬威罷了。

其實，平原上的太陽很秀氣，可以說文靜得有點害羞，內向得太悲觀。大部分時間，她都躲在雲背後，不是一副「猶抱琵琶半遮面」的欲語還休樣兒，就是整日兒嚶嚶哀泣，以淚洗面。

因此，我很大度地原諒當初她對我露的那一手。我不記恨，實在也是因爲她能那樣開懷的日子太有限。有時，好久不見，我還想她想得緊呢！

經常，在送走一陣急雨後，蘭陽便展開銀盆般的笑臉迎了上來，也許太性急，也許太興奮，像端着一盤水銀的小姑娘，因急步而摔了跤，白亮亮的水銀，滾了一地，掬也掬不起來。

踩着一地的亮麗，我眨着眼，去訪那柔藍的蒼穹，去追那茫茫的綠野。

記得第一次從北宜公路上馳下來，最先震撼着我心，最陶醉我意的，是那迎面而來的一畦畦、一片片接連的稻田。平原雖然不大，但它是我這一生中第一次親炙的青翠欲滴的草綠平原。清晨，陽光剛剛從枝椏間篩下來，鳥啼正翻動着清涼的空氣時，我走向那稻田——我總喜歡稱她爲草田。在學校背後，遠處，就有一片一望無際，不見竹林，不見屋舍的草田。在晨霧迷漫中，一種「月迷津渡」的蒼茫罩下來；在烈日下，它又像一匹上了臘的綠氈，當風掀起她的裙角，綠便滾動着，擁擠着，差不多快溢出田埂外了。但是，當黃昏，霞色抹遍了天邊時，在草綠的底子上閃爍着，耀躍着的是沒有邊兒，沒有底兒的金光。那是第一次，我用很陌生的眼光注視她，注視她一世紀。

在六月，草田上，有的是永遠吹不疲的柔風，永遠翻不黃的草浪，永遠抓不住的清爽，和永遠傾聽不完的呢喃碎語。

爲了捕捉一點陽光與綠交合的影子，我帶學生，走進草田。

「今天，天氣眞好哇，老師！」

「是啊，」我抬頭望着藍天；「妳看，雲兒都在天邊打盹呢，否則，陽光不會這麼雄姿英發的。」

「老師，妳看，那邊是什麼？」學生指着一邊只長着長草的草原中央，那兒露出一個黑黑的東西。

「咦，看不出來。」

突然，升起兩隻角，冒出一個牛頭，學生叫了一聲：「一頭水牯牛！」

「原來那密密草堆中是一池水。」我羨慕的說：「那牛兒可眞會享福，一邊行日光浴，一邊泡在水裏洗澡，一邊嚼青草。」

大家都笑了，面對着一片笑意盈盈的綠，不笑是不可能的。

「老師，照相吧！」

是的，捕捉一點彩色的影子吧，假使我們不能全部攫住的話。

陽光奔馳在這草原間，又暖和、又殷勤、又匆忙。

「老師，擺個姿勢嘛！」學生好皮，要我學電影明星。她那裏知道，我要的只是綠的媚態，只是陽光的姿勢，我仍然定定地站着發呆。

「老師，舉起手來，張開手來嘛！像這樣！」她殷勤地敎着。

是的，張開手，張開手，擁抱那屬於我們的草原，如果能夠的話。

已是接近炎夏的季節了，陽光仍然這般溫軟。這裏沒有四季，只有晴天跟雨天。當許多動物仍在冬眠時，只有屬於這個平原的動物不然。一月，在陽光照耀一日後的夜晚，田間便會響起蛙鳴，夏的跫音，隨時會在妳耳際低徊。

七月，那一片草田，便要逢到被刈割的命運。而七月，在陽光洗禮下的草田，便要如今年一月時般，像久不剃面的名士，一臉的短髭，扎得人心疼。但是，只要在有陽光的日子，我也仍然會喜歡這副瀟洒的面孔，像今年一月，當我坐車馳過公路時，不是屢屢回首望着那一羣不修邊幅的臉嗎？——這畢竟只是草田很短的一些「軌道外的日子」，每個人都要享受一點這種日子啊！如果，這平原能留給我深深的憶念，我一定用這平原的陽光，鋪在記憶的底層。

蘭園

蘭陽平原，一個靜謐的角落，女中路的一邊，默默地佇立着幾排古老樓房。蒼蒼黌宇，一點也沒有巍峩的氣派，因爲在袖珍的蘭陽平原，碩大無朋，鶴立鷄羣的高樓大厦是不相稱的。她看起來倒像一座古廟，外殼已呈一片灰黑，卻包着一羣活蹦亂跳的小生命。那一排古老的樓房，也許太不起眼，但樓房背後，一條又寬又大的綠色緞帶，鑲着那一圈黑黃跑道的操場，卻很惹人憐愛。說它惹人愛，一點也不過份，因了雨水的滋養，她們個個又豐腴又圓潤，踩下去，便不覺要放輕了腳步，已經榨出水了哩。

操場的「度量」並不大，每當小雨一陣，便脹了一肚子水。經過一度大事修理，挖開肚腸，埋下粗大的鐵管排水。但是幾年下來，她又患了「血管阻塞症」。如今，只要半天小雨，跑道上便滿了水銀，當風在操場上打了一個滾，波光粼粼，竟也有一番氣象，那孤零零的升旗臺被鉗在水中，活像「釣魚臺」。

在陽光盈盈的時候，工友便會推着刈草機，到操場「散步」。只要一聽到那札札機聲，我就會走下樓，聞聞刈草機鏟起的一地草香。

操場對面，有兩幢以嶄新姿態出現的兩層樓房；圖書館及科學館，面積、身高都一般，遙遙對峙，都還年輕。

去年中秋夜，咱們曾經攀上科學館的鐵梯，開中秋大會，在館頂，在月光下，捧起蘭園的臉、水溶溶、白花花、金閃閃。

科學館邊，是唯一的花圃，面積雖小，卻有「巧婦」經營。常常可以在學校長廊上，看見新搬來，盛開着的，又奇異，又泛香的美麗盆景。長廊牆上一度釘了一排盛開的各色蘭花，竟歷數月而不衰。有時，我會墊起腳尖聞聞它，簡直懷疑它是假的。

假如我屬「蘭園」一員，那麼，圖書館最使我自豪與誇耀；高雅、大方、婷婷玉立在青草上。正面除了圓形拱門外，都是一排排頂天立地的綠色假竹杆。館後，在透明玻璃窗外，是一排高密的細竹林，由圖書館延伸到科學館。我特別喜歡在二樓，臨竹的窗口，看陽光從竹葉間溜進來，聽微風跟竹葉的沙沙聒噪，幾度掩卷。

蘭園是屬於綠的，尤其圖書館，三方綠牆，頭頂的是藍藍蒼天。穿一襲綠色洋裝，浸在這綠色寶山。

也許從來沒有一個高中校園中會「駐紮」着這麼多的狗；蘭園，便是那麼可愛地吸引了來自各方，各色各樣的狗兒。牠們是清一色的其貌不揚且衣衫襤褸，不修邊幅，但不可否認的，牠們也是清一色的像個隱士般，悠閒得叫人嫉妒。

常常，我敲着又急又快的響步走向教室時，一看到迎面而來的一隻搖尾散步的狗兒，便會放緩了步子。當我一踏進教室，看見綣曲在講臺角落打盹的狗兒，便會放輕了步子。當我講課時，總喜歡看見那堂而皇之地進來「查堂」的狗兒，踱着大方步，在學生桌椅間繞幾圈，又搖擺而去。

我喜歡凝視蘭園中蘊育出來的狗兒，那與世無爭的懶散眼神；喜歡浸在蘭園中一片象徵着和平與希望的綠色中。

而八月，我必須走出蘭園；走出蘭園，像要走出一段生命中的水綠年華。

（六十三年元月號幼獅文藝）

蘭園之狗

你也許不曾想到，除了臺北東門的狗莊之外，在學校裏竟會見到這麼多狗子。走進蘭陽女中校園，迎面而來的，往往是一條條悠悠閒閒的狗兒，乍一見，如走入狗的樂園。

升降旗的鈴聲一響，學生們湧向操場，狗兒們也自然奔到草坪上。牠們有的三三兩兩，在操場上滾來滾去，有的孤家寡人的守在某一班隊伍的尾巴邊，一副督察模樣。

學生跟老師，從來不曉得這些狗兒是怎樣維持「生計」的。成天只見牠們逍遙自在的，由這邊盪到那邊，由那邊盪向這邊，不過晚間卻固定的守在某幾間教室裏「就寢」。牠們顯然是「無業遊民」，而有隱士般的悠然自得。牠們的長相，都淸一色的「其貌不揚」。儘管如此，學生們都說，牠們卻醜得很「性格」，有的是狗中的「查理斯布朗遜」，有的是「亞蘭德倫」，有的是「尤伯連納」。雖然醜，卻醜得有道理，要比美容師手下的典型美來得可愛、吸引人。

上課時，狗兒們就四散在教室裏或走廊上。我教的兩班都在二樓，幾乎每一節課都會有狗來「旁聽」或「查堂」。「旁聽」的多半蜷伏在講臺邊的角落裏晝寢，「查堂」的就大搖大擺，目中無人而神色自若地從前門進來，在學生座位間走來走去，繞幾個圈再走出去，有時就地一躺，便靠在桌邊打起盹來。

平常，我們人狗之間總是保持互不侵犯的禮讓態度。只有一次，學生正在考試，一隻經常出現在我班上的，名喚「查理斯布朗遜」的狗，豎起牠那像安上了流蘇般的破尾巴，抬着不修邊幅的臉孔，對着我唁唁狂吠起來。學生一聲驚叫，一位大膽的學生站起來，揪起牠兩隻耳朶，把牠丟到門外，而牠，竟搖搖尾巴，一聲不響的走了。

有天晚上，我到學校去，經過學生晚自習的教室門口時，突然湧出一羣狗來對我狂吠，嚇得我拔腿就跑，遠遠地回頭看牠們，又各就各位地蹲在門口，雖然有點氣牠們，卻頗欣賞牠們的忠心耿耿。後來我跟學生說，以後晚間來學校，還得穿學生制服，剪個清湯掛麵頭才行。

青年節，學校把「慶祝大會」跟「健行活動」一倂舉行，學生由宜蘭走到羅東開會，再徒步回來。當我們整隊出發時，發現那隻「查理斯布朗遜」竟跟着我的班上走。我笑着跟學生說：「這隻狗如果跟我們到了羅東，就別想回來啦！」

剛走時，大家都瞧這隻狗，覺得很新鮮，後來，就一直沒注意牠，也不見了牠，還以為打道回府去了。豈知，到了羅東，開完會，整好隊正要退出會場時，竟發現牠又站在我們身邊。因為路上交通阻塞，隊伍暫時停了下來，牠竟也停下，伏在地上假寐。我們一開拔，牠就立刻一躍而起，把學生都逗笑了。在這麼大的操場上，這麼多學校的隊伍中，牠獨獨認得「蘭陽女中」的學生，怎不使人覺得她們得「狗」獨厚，怎不使人覺得這「查理」醜得可愛？

走了一段路，爲了大家方便，隊伍便宣佈解散，住宜蘭的往宜蘭走，住蘇澳的往蘇澳走，我們幾個老師便搭車回宜蘭。第二天上課時，又赫然發現那隻「跟班」的查理已在教室打盹。

四月時，我發現學校來了一隻小狐狸狗，胖胖的，很可愛，可惜毛色白裏泛黃，而且很髒。有一天上課時牠也來「旁聽」，我跟學生說：「這隻狗兒很可愛，可惜髒了點。」

想不到有個學生眞的就把牠抱回家，洗了澡，餵了牛奶，看起來的確容光煥發，令人耳目一新了。

端午節，同事給我帶了隻大鷄腿，外加一些粽子，我靈機一動，想把小狐狸狗引到宿舍養起來，流浪的生活總沒安定的生活好。那天，我持着大鷄腿，找到那隻小狗，撕一點給牠吃，牠興奮極了，對我窮追不捨。很容易地便把牠引到單身宿舍，關在一個空房裏，把牠餵得脹鼓鼓的。關了一上午，再放牠在走廊玩，一天相處，牠總該認識了這個地方以及這裏的我了吧。黃昏時，我便帶牠下樓去散步，我們走到學校側門時，牠竟非常興奮地，一下從鐵門下鑽過去，我在上了鎖的門邊拚命叫牠，卻只見牠搖着尾巴，一蹦一跳揚長而去的背影。

每一次，晚上回宿舍時，一走進女中路，便開始聽到吠聲，不只是蘭園的狗，住在學校附近的人家也愛養狗。這些狗兒都只乾吠，從不咬人，所以每次回來，倒像是夾道歡迎的隊伍，很熱烈，很興奮，讓你有凱旋歸來的感覺。

（六十二年十二月十三日中央副刊）

後記

「蘭園之狗」原來是我寫「採蘭篇」中繼「蘭雨」、「蘭陽」、「蘭園」之後的「蘭狗」。寫完後，覺得氣氛跟前邊不太同，便腰斬下來，改寫成篇。

對於聰明的狗，我可眞有極大的興趣。家裏從前養過一條「白雪」，聰明靈活而解事，直叫我「嘆爲觀止」（當然也許牠比不上電影中那些神奇的狗），後來不幸逝世，全家爲之黯然。爲了補償，大弟抓了兩隻白兔回來，卻呆頭呆腦，殊無趣味；最後也弄了一條小狐狸狗，已遠不如白雪。養了幾個月，居然也死了。

對於電影裏的狗，我也極感興趣，印象最深刻的，像「血染雪山谷」中的狗，足可感人；「我的狗是小偷」更叫人捧腹，至於華德狄斯耐的「一〇一忠狗」，尤爲上上選，隻隻都是絕妙好狗，愛煞人了。

有一陣子我還想寫篇「狗緣」，但想想，自己跟狗其實天生並不怎麼有機緣。臺北一次盛大的狗展，我就失之交臂；實在沒資格寫。

我常覺得蘭園中的狗很像西部片中的浪子，要在全身泥巴中才見出豪邁；有時，也頗有中國夕陽西下人在天涯的蒼涼味道；偶而，也覺得類似司馬遷筆下的遊俠般可憐呢！牠們的命運的確相當悲慘，在我發表之後接着發表的「也談蘭園之狗」（六十二年十二月二十五日中央副刊）是對蘭園之狗來源的介紹。另外，在「蘭園之狗」發表後，我在宜蘭的學生特地寫信給我，報告我還不曉得的蘭狗最後結局，看得人好生難過。便也把它挪來附上。儘管就文論文，這篇「蘭園之狗」並不值得這麼「大舖場面」的。

老師：

當妳再度踩着通往單身宿舍的「蘭園小徑」時，相信妳會莫名的感到像缺少了點什麼？略微一想，不難發現：「查理斯布朗遜」、「尤伯連納」、「亞蘭德倫」等影星跳巢，就連「湯姆瓊斯」、「貓王」等歌星亦出尼姑庵，還俗去了。但這並非牠們自願的。牠們在被綁架時，曾用祈求的眼光，發出了S、O、S的信號，向我們這些被捧爲公主的移民者求救。但妳知道的，我們也不過是泥菩薩過河，明年，同樣會走上這條路。因此，第一次眼巴巴的看他們被送到頭城去了。結果牠們卻跟着公路局的車子回到了蘭園。第二次被送到南方澳，但又跟着藍襯衫回來了。第三次，被送到三星的山上去了。從此蘭園再也聽不到天然交響樂園的演奏了。在第三次月考的前一天，從中副上看到了妳的「蘭園之狗」，這個偉大的發現者是鄭金珠，當時，大家正在埋頭苦幹（吃便當），忽聽：「我們老師的作品」一句，哇！的一聲，將鄭金珠團團圍住，可憐的報紙幾乎被搶得四分五裂，膽子小的，被這哇的一聲嚇得將筷子直往鼻口攢，更妙的是，有的同學，只顧衝鋒陷陣，卻把便當拿去孝敬地板。

………（以下略）

祝

安康

陳素卿敬上

六二年十二月卅一日

白雪

最近半年來，咱們村子裏突然時興養狗。

每當傍晚時分，一狗吠聲，羣狗響應，好不熱鬧。弟弟看了眼紅，也吵着要養隻湊熱鬧。不想也有緣，一位父執養的孤狸狗正好分娩，聽說我們正在覓狗，就慨然相贈一隻。

這是一隻純種小牝狗，全身純白而光潔，因此命名白雪。白雪兩顆眼珠烏黑閃亮，圓不溜丢的，一副聰明相。因爲毛長，且根根上豎，所以看起來鼓胖鼓胖的，非但俊俏而且靈活，卻無臃腫之態，在狗輩中，少不得也是楊玉環之流。

白雪初來時，全家如臨貴賓，進門時莫不倒屣相迎，馬上冲奶粉，調稀飯，把她供在客廳，倍受寵遇。誰知白雪不識抬舉，到處亂「方便」不說，晚間還不肯就寢，沒法子，只好把她放在一個小盒子裏，熄了燈，各就各位的睡了。

誰知白雪仍然不安分，在盒子裏嗚嗚而鳴，其聲也哀。少頃，見無人來安慰，就跳出盒子四處巡邏。爾後，竟跳到我的牀上來。我雖好狗，尤喜白雪，但也不致於想和她「抵足而眠」，便把她推下牀，她又跳了上來，一時無法，又困倦已極，只得把小窩搬到我的牀邊，跟我平排而臥，並且不時撫摸她，這才乖乖和我同時入眠。

大早，母親起牀後，照例巡視弟妹們的牀舖時，嚇然看見一對圓不溜丟的黑珠子在白被單上轉動，定睛一看，白雪竟然又「跳槽」過去了！

白雪還是新客，就這麼調皮，我們沒法，只好替她做個小狗房，擺在牆角，晚上不讓她進房來。家人雖然不忍，小弟甚且抗議，怎奈白雪太不自愛，只好如此懲罰她。

白雪來了兩週之後，我離家北上，兩個月後回來，嚇然看見一條中型白狗，她已上了鍊，有初來時的三倍大。狗別三日，眞個要刮目相看了。可惜她母親沒看到，否則也會高興「吾家有女初長成」吧。

弟弟向我報告，白雪學會不少本事，會跑善跳自不在話下，能吃喜睡也不必多說，她還能聽懂幾句人話，而且會在適當時機厲聲嘊嘊而吠。聽說，還會賣俏。

我回家的第一天，突然心血來潮，提議携白雪出村子散步，這個狗世界的劉佬佬，聽說平常不會跑出離家五十公尺以外的地方。

我們把白雪帶到公路邊，直往頭走去，白雪算是開了一次眼界，小橋、流水、林蔭及大道，白雪連蹦帶跳，好不高興。突然，汽車前後疾馳而過，其聲轟轟，其燈閃閃，把白雪嚇得亂蹦亂跳，大妹把白雪抱了起來，汽車過後，她竟不肯再下來，而且已面無「狗」色。不得已，我們只好折回家。只道狗膽包天，不料也不過如此。

白雪在我家，雖非過得「錦衣玉食」，但也算得上「養尊處優」，衣食住行，人類四大需要，除了她不穿衣服外——如果她願意的話，我們也會捨得給她製洋裝的——樣樣俱全，吃的是碎肉拌飯，喝的是牛奶，啃的是排骨。而且有時還要小姐脾氣，飯放久了不吃，菜餿了不食，水髒了不喝，把她拴久了她會用「絕食」來抗議。家裏逢上殺鷄宰鴨加菜的時節，都有她的一份，平常我們吃水菓，她也要吃，小孩們啃冰棒，她更會垂涎。白雪住的是小小一幢狗房，玲瓏精緻，時常清掃，想想咱們家小蘿蔔頭都是兩三個人擠一個房間，實在並未虧待她。

至於行，白雪被我們養得白胖白胖的，所以兩條腿異常蹻健，大弟曾用腳踏車載她出遊，但被她拒絕，算是她棄權。

白雪全身白毛，也因此很容易弄髒。每天要替她洗一次澡，而且用小弟指定的櫻桃香皂。洗完澡，還要替她梳那一身毛，狗小姐的毛比人小姐的頭還費事。

別人家的狗，日夜「辦公」，不眠不休，以盡司閽之責，然而咱家的白雪，白天常晝寢，晚上也很少見她守門，據說是我們把她寵壞了的。

白雪很欺生，一日，鄰家有個退休的老牧羊犬造訪，牠體壯毛長，但由於營養不良，看起來委靡不堪，然而性情馴良。白雪初見時，有點畏葸，不敢吭聲，忽見大弟推門而出，白雪就對着牧羊犬狂吠起來，其聲清亮，一副雄糾糾、氣昂昂的巾幗英雄狀。白雪不僅對牧羊犬如此，對陌生人也一樣會適時來這一招，所謂「狗仗人勢」，眞非虛語。

鄰人曹先生有一頭黃毛狗，貌甚不揚，卻有一奇技，擅於捕老鼠，我們家裏本來就不夠清靜，鼠輩一猖獗就在天花板、地上「跑城」，因此，大弟把曹家黃狗延到家來，住上十天八天以收嚇阻之效，不料這狗在捕鼠之餘竟看上咱們白雪。而白雪對他卻瞧不上眼。幾次相求，都慘遭白眼，只好失戀而去。大家以爲白雪仗着自己長得俊俏，就「狗眼看狗低」起來，牧羊犬雖然性子好，但是黃臉瘦身，形銷骨立，加以毛長而灰黑，不修邊幅，白雪又無藝術眼光，那裏看得上眼。小黃狗雖然身懷絕技，卻也得不到白雪的青睞，不高興時，還要唁唁然凶他一番。

至於遇到英俊瀟洒的狗朋，白雪就忍不住扭腰擺臀搖起尾巴來，且不惜眉來眼去一番，原來白雪志在找個潘安周瑜的美男，眞是好色不好德。所謂女大不中留，留下必成災，再過一些日子，只怕她會鬧出桃色新聞哩！

（民國六十年六月號文壇）

狗祭

像一聲霹靂，妳，震破了我的笑靨，猝不及防中，我幾乎無法把持自己。

惡耗降臨的那一夜，我就這樣，深深地，把自己攤在床上，出奇地想着妳。也驚悸着自己，竟不知道，對於妳這樣一條狗，我曾付出過這麼多的感情。

中毒和身死，悲哀竟像針芒般向我刺來。想起過去，在親情、友情的包圍下，還老是彈著強愁的調子，至今才發現，那不是憂愁，只是牢騷；不是悲傷，只是不耐煩。

第一次，失去的感覺深深襲着我。而我也才知道，當我眞正悲哀時，我只想一個人，躲在深夜裏，獨自去咀嚼，去反芻那悲傷。

以前，我逢人便誇妳，把妳的一切介紹給我的朋友，他們有的頷首承認，有的笑我天眞，有的甚至不以爲然。事實上，我也才知道，一個人，一件事物的可愛，是只能個人去經驗、去體味的。像妳，外人何嘗了解過妳什麼呢——一隻漂亮的純種狐狸狗，一隻被主人溺愛的弄狗，一隻遠比不上電影上任何一隻受過訓練的狗——他們一定這麼認爲。而我重視妳，把妳這麼敝帚自珍著，只有我知道重視妳的理由，因爲，只有我知道我對妳的感情。

前年兒童節，弟弟從老遠把妳裝在他胸口的衣層裏帶回來。初生的妳，像一團白茸茸的棉花球；中間鑲上兩粒黑水鑽，小嘴巴像凸出的一座小黑山。因爲太胖了，走起路來便一搖三擺，沒兩步，便往地下一攤，我便憶及「小鹿班比」中初生的班比，跑兩下，雙腳也一軟地舖在地上；而妳，比牠更可愛，因爲除了欣賞，我還享有擁有妳的快樂。

我們家好久沒有嬰兒的啼笑聲了，自從妳來了之後，家裏不啻新添了一口，我們像對待一個小孩般對待妳；像照顧一個嬰兒般照顧妳、寵着妳。妳儼然成爲這個家庭的一份子了。

在不知不覺中流出來的感情，總要等到離別時才會猛然發現。

三個小弟妹用一陣嚎啕給妳送終，母親輕按着眼角，父親一聲長喟，像在空中畫了個休止符。而我，把一切對於妳的記憶與聯想，都驅入深夜，我要在只有我的時候，去感覺妳的存在。

妳或者——我幾乎肯定，妳也有靈魂，因爲，妳也有思念。當我離家幾天，或更久的時候，一回來，妳便瘋狂似的由前院衝到後院，由客廳衝往厨房，彷彿要通報一切靜物，告訴他們我回來了，最後，妳繞着我、跳着、跑着、攀着我，嘴裏還發出一連的低鳴。捧起妳的臉，我會以爲那是嗚咽，因爲，啊，我竟發現，妳的黑眼珠透亮得像要滴水。

在家裏，我是最把妳寵壞的一個；因爲對於妳，我有那麼多的喜歡；我喜歡妳白得發亮的卷毛，妳烏溜溜直轉的眼珠，捲成一朵大白花似的尾巴，搖曳生姿。我喜歡妳從老遠，聽我一聲呼喚便奔馳而來的豪情，喜歡妳對着陌生人狂吠的兇悍，喜歡見妳跟小弟「鬬牛」時的頑劣，也喜歡妳窩在我身上時的溫柔；更喜歡妳豎起耳朶傾聽我說話時的凝神，我甚至也喜歡，當我嘴裏嚼着零食，妳坐在一邊，貪婪地討好的那副臉色，我知道，妳不是狗輩中的天才，或「超人」，但也正因爲我也只是人中的凡人，所以我們便這麼容易接近。當妳學會聽「坐下」的意義與動作，當妳學會了握手，我們卽已驚訝不置地把妳當「神童」般的捧着，加倍地愛著。

我就用平凡的眼光來欣賞妳平凡的可愛。誰能否定敝帚自珍不是一種深厚的感情呢？

檢拾回憶的片斷，我又生出無限的歉疚，對妳。

妳才兩歲，只因我們一時的大意，便扼止了妳的生命。沉痛永遠彌補不了懊悔。在這兩年中，我們儘管愛着妳、寵着妳，可是，卻只是在我們高興時，在我們感到需要娛樂時。記得有一次，父親因爲心情不好，正見妳走進客廳，便一腳踢在妳腹部上，把妳吼了出去。大弟平時對你也特別嚴厲。而我，負笈臺北，我有工作、有朋友、有親戚，這些充塞着我，忙碌着我。當有一天，我閒下來，偶然想起妳，感到需要妳時，便回家，接受妳長久等待後的熱烈歡迎。而妳，當我們老小都離家時，守候著一幢空屋，忠心不二地盡着司閽的職責；當我們都返家時，妳只能看一羣喜怒無常的主人們的臉色；我有寂寞的時候，但是，我從來沒有想到，妳天天守着那一幢空寂，也會有淒然的時候。

我們給了妳什麼？一個窩、一個看門的職責。我們可以愛妳玩妳，可以向妳發洩我們多餘的感情，但我們不必對妳的感情負責；當妳哀傷時，我們可以不顧，當妳快樂時，我們也沒有義務助興，甚至當妳中毒，逐漸走向死亡的痛苦時，我們仍然酣睡。我們竟可以不對妳的生命負責。

我並無意把妳當作人；因爲，我並不認爲人性比狗性——妳，更純、更眞、更可愛。也因此，對妳，我有難以言詮的哀傷，和無法釋懷的悼念。妳是有靈魂、有靈性、有思念的；而現在，那一絲靈光，竟隨着妳逐漸闔起的眼蓋而關閉。在我們的感覺中，妳已遠遠離我們而去，但是妳的思念是否仍然存在呢？朱紅的大門邊，已不再有妳這位巾幗英雄做司閽；草綠的院子裏，不再見妳歡迎的典禮；沙發上，又何處去找妳攀附的撒嬌？

我的朋友們會勸我：趕緊再養條狗吧！

他們那裏知道，妳是不能被替代的；甚至於，我也這麼害怕着，有一天，當我又擁有另一條狗時，妳的記憶便要被我抹去，我怎能原諒自己呢？做爲一個人，我或者也具有的劣根性？

因此，我不向朋友們悲悼妳的逝去；也不向自己，只願妳已然根植在我記憶深處。

（六十一年六月中華副刊）

雨中書

「聽說妳要走了，離開蘭陽，返回新竹？可是，黎黎，我還是不懂，難道雨城抵不上妳要走的理由？不，黎黎，妳愛雨城的，是不？當初妳不也因深愛雨城的質樸才從熱鬧的世界走向這裏的寧靜？……」

翻開金的「給黎黎的信」，使我差點不能卒讀，展閱陳的週記，使我幾度掩卷。這一陣子，我的靈魂，在微雨中，遂被浸入顫抖的唏噓裏。

「妳愛雨城否？也許是，也許不是，因為妳要回到風城去——」

我怎能不愛雨城？那雨中迤邐着笑靨的平原，那赤日下悠閒着的綿綿遠山，那詭譎得無法捉摸的雲天及雨露，總是逗引着我做亙古的思索。我豈止是客觀地欣賞她們，且又主觀地拋洒那氾濫在我心底的感情。

原以爲自己只是蘭陽的過客，來，是因爲要去。爲此，我讓自己縱情於一切風水雲山，而避免讓感情去點染人物。

我竟不知，自己錯誤得多可笑，人和人之間，怎能沒有感情來互相維繫呢？人原是感情灌漑長大的啊！那天，我輕描淡寫地順便道出：我快走了。那裏想到，對某些同學，竟是一個「打擊」。我的疏忽，簡直冷酷得太沒道理。那天下課後，我執着金遞來的紙條，趕回宿舍，讓淚水撲簌簌地落了一襟。

正如陳在週記上寫的；「我總是那樣容易被感動」，我直想輕輕再加上一個「們」字。當我發現半年多來，極力持養的「靜如止水」的感情，只因無風而不至滿溢的靜止時，我便認命了，就讓它去氾濫吧、成災吧，就讓它全面地征服我吧！

要不是接到那封「信」，我不會知道，在妳們心目中，我是個「一向被認爲活潑外向的」。也才知道，妳們給我多少信賴、信仰與親切。因此，我才發現自己是個多乏努力的園丁。我曾經在課堂上給妳們笑聲與趣味，卻不曾試圖讓妳們走進我心中，一如我走入妳們心中。說忙，那眞是個可恥的藉口，有什麼比放棄許多純潔的心靈更叫人扼腕的呢！我何曾知道，在妳們那一片冰心玉壺中，竟也爲我墾植一塊瑩澈的處女地。爲此，在展讀信罷的那一刹那，久經蟄伏的靈魂竟激動地顫抖起來——不是那膚淺的，單純的愉快，不是勞而後獲的欣慰，也不是受難後的溫暖。而是因爲，妳們絲毫不了解我，卻放出那麼多的感情，那麼多的信賴，我怎能不顫抖——我總是過到比我更純潔、更使我慚愧的靈魂。

人，越大，靈魂越容易骯髒。在人世中，我比妳們多浸漬了五六年，已經不能自視靈魂蒙塵多少。而妳們，喚醒了我多少回顧。我看着妳們那年輕的緋色心境，在做着美麗的夢，美麗的努力與美麗的期待。眼看着妳們在過去我奔馳過的路上奔馳着。而我，能告訴妳們什麼？——告許妳們，在奔馳的前程，有許多踉蹌的日子等着妳們？告訴妳們，要收斂那不合「時代潮流」的赤子之心，去學世故嗎？我發現自己竟那麼喜歡妳們，因爲妳們那麼像「年輕」時候的我。因此，我幾乎不忍心看妳們會爲了純情而受傷、會爲了愛人生而失望。

也許妳們不相信，妳們所信賴的老師在人生道上也失望過，靈魂也曾經被打擊過。在一個灰慘慘的夜晚裏，那一瞬間的萬念俱灰中，我驟然想到了妳們。我想，我有什麼資格找妳們「個別談話」呢？我有什麼資格「勸告」妳們什麼呢？說來多可笑，一個連自己也處理不好的人，竟想去處理別人，何況那對象是妳們幾個——這麼像我，固執地活在感情生活中的人，怎麼可能因勸說而改變呢！

妳們可曾知道，當我們從痛苦中掙扎出來後，便會發現，每一個打擊都是一個新的試煉。我放下手中的工作，甚至也放棄了對妳們的懸念，跑去追尋一個我不認識的，別緻的名字——濛濛。

濛濛，那兒如果沒有濛濛月色，也該有濛濛細雨。抵目的地後，才發現不然，烈日當空，且遊人如鯽，播音器一直在賣弄那蹩腳的臺灣國語。

對這一切，我們都欣然領受，人生有許多意外，如果能視意外爲不意外，那還有什麼能打擊你呢！何況，濛濛，新店溪便匍匐在她腳下，趴涉過嶙峋亂石，走到下游，正是河流轉角處。巨石當中，形成聲勢相當浩蕩的急湍。那隆隆激流隔絕了濛濛頂上的嘈雜。

坐在石上，捲起褲管，便「濯足萬里流」起來，一股清涼由腳底直透心裏，在源源聲浪中開始引吭「大江東去」，在歌聲中，反芻着自己這一向的情事。不料那不爭氣的淚水又滾上雙頰。有時，我恨透自己的淚腺，它總是在我不願意的時候開閘。像那一刻，我不承認我的心在滴淚，充其量，那只是我的身體在排水罷了。掬起一把水，往頭頂上一拋，水傾洩下來，澆了一頭的清涼。

我欣賞那如耳墜般水珠落下的媚姿，大顆小粒奔競的人造雨，突然也想起那篇我給最高分的作文「雨」來，我記得有一段：

「雨不斷的打在我臉上，分不出是雨水抑淚水，讓它們混合在一起吧！如此，就不會有人笑我傻，笑我無端的打溼了頭髮，笑我無端打溼了衣裳。是我心甘情願的，和你分離，也是我心甘情願的，變以爲離開你，我仍會有陽光、有青鳥、有詩歌。可是雨來了，我仍舊如此的孤單，如此的落魄，如此的淒涼，注定悲劇的，怎能強作歡顏？」

只有蘊釀在多雨的蘭陽平原的多情兒女，才會寫出這些話來。當時，我就被這種深透的感情所震撼着。雖然我癡長妳們幾歲。但是，在某種定義上，也許我還遠不及妳們純淨、剔透與深入。妳們有一顆未曾蒙塵的「赤子之心」。一度，我徘徊在兩條路的選擇上，曾經想放棄對一切事物的天眞想法與做法，去學習那足以使我立足社會的可怕的世故與狡猾。沒有想到這種想法，竟同時在妳們的週記上寫出來：

「想到有一天，我們總是會長大，那時，我們可能再也沒有現在這些幼稚的舉動。然而，長大，又是一件多麼可怕的事。」

是的，長大，成熟，是很可怕的字眼，在這靜靜的雨城淋了一年，我自以爲長大了許多，自以爲能夠承擔許多事物，能夠面對許多現實了。卻那裏知道，在我尚未「捲土重來」，已然鎩羽而返。

望着濛濛腳下的滾滾流水，湯湯有聲地浩蕩而去，我突然把這條小溪幻想成那滾滾黃河、浩浩長江，或者浪淘盡千古風流人物的古赤壁。也唯其這樣，我們更能發現自己只是侷促在一個島上的一方狹隘谷底，一切都太小了，包括我們可憐的心境。

那時，我多麼想告許妳們，我們經常是太小家氣的，我們這麼年輕，年輕就是財富，就是美好，年輕有犯錯的權利，也有改正的義務；年輕有爲所欲爲的豪勁，也要有「從心所欲不踰距」的理想。當我們年輕時，應該多爲自己製造一分快樂，生活就是要使自己更問心無愧地適應。但是，有誰眞正了解年輕的定義呢？那些年輕人，總是把黃金般的年華浪擲在鈎心鬬角的名利傾軋中，眞是可悲、可嘆、可憫復可恥啊！

歷史也這麼無情地告訴我們，幾乎所有的人都是這樣「知其不可而爲之」的，人類是這樣平凡，平凡得一再重蹈覆轍。

因此，我要向妳們解說些什麼？除了讓妳們親自去體驗外。

有一度，怕心靈會發霉，我把生活充滿了許多動態的美麗，打球登山涉水，無所不用其極。

我喜歡享受勞動後四肢百骸近乎癱瘓的發酸發軟。

午夜或淸晨，我則倚欄獨立，遠眺青青田陌，或躑躅在滴露的香草小徑時，便去回味那些心靈被癌細胞腐蝕時的痛苦。

而後，連回憶都沒有了，因爲，那一串日子緊接着來了。那一串日子，眞的忘了看，陽光是否格外美好。當那封信敲開了我自以爲蜻蜓點水般的短暫行旅時，我開始被妳們的感情所震撼，一切都被相對地縮壓得渺小了。

當期考將屆，我們正趕着進度，幾乎不敢絲毫停頓下來講句閒話。下課後，我仍然敲着快板拍子急步下樓。林追了上來：「老師。」她輕輕地喚住了我，遞上一個紅紙包。

我捏着一本「車輪下」，一本「快樂時光」，捏不住的是扉頁上跳動着叫我汗顏的字：

「送老師：爲感謝一年來在器識、學業、品行各方面的指導。」

妳不知道，我有多慚愧，面對一個從小學一年級就一直以第一名遙遙領先，一直廣泛涉獵各種書籍的學生，我所能給她的實在太少了，因爲她太聰慧、太用功、也太懂得思考。在課堂上，我所講述的，她也許早已了然。

在另外一層意義上，我又不能不被震撼；這一年來，在世俗的「車輪下」，我們有過「快樂時光」，這層意義，直指着過去、現在與未來，我心靈的雲翳一下子，遂被彈開了。

翻開「快樂時光」：「有時候，卽使快樂也需要鼓舞」，我爲之語塞，因爲我有太多話想說，但發現已不必說，我相信妳不會因我輕輕的道謝而認爲我不經意，我相信妳會像我一般，欣賞我因感動而笨拙的呆癡。

心靈，又撥雲霧而睹青天，我與奮地寫信邀戎，那個從來只欣賞我優點而不看我缺點的大學室友。我們要到石城海邊去玩，去感念大海、蒼天及太陽，再帶一身焦黑回來。

結業典禮那天，同學等了兩個鐘頭的教務會議後，已是十二點半了。她們把我引到班上去，講桌上躺着一個「walking doll」，上邊閃爍着「二年五班」全部孩子們的眼睛，妳們等待着我說話，我卻無端地感慨萬千。離別已經使人黯然，卻還有許多強調離別的事發生。我如果只說出自己單純的感謝，無乃太膚淺，如果說出我的歉意，也未免太見外。妳們，如冉所說，是把我當姐姐般看待的——所以，我能說什麼呢？我的人生體驗是這麼平凡。最後，我只能告訴妳們，不只我在教育妳們，一年來，妳們也正教育了我。我只能說，要對那些關心妳們的人，比他關心妳更要關心他；要原諒那些因不了解妳而傷害了妳的人——我只能告訴妳們這些我正努力學習着的事，因爲，我們一生，也許只在做一件事：修養自己。

雖然沒有唱驪歌，但一層淡淡的離愁擁着我。然而，沈醉在離愁的滋味中是愉快的。這證明我們有感情、有關心、有愛心。有離別，才使我們意識到感情的份量；有回憶，才再爲它增添色彩。永遠難忘的是，在一個炙人的午後，陳送來一把她南方家園產的龍眼；難忘的是，在一個微雨的夜晚，曾來敲門，送來一個大理石鷄蛋，說：「老師，我沒有錢買東西送妳，只好把父親給我的生日禮物送給妳。」在我那不動聲色的外表掩護下，心靈是怎樣地翻攪着啊！

那翻攪我心的，豈止這些？翻開週記，發現妳們對我的偏愛：「一年，不算短的日子，怎能忘記，妳笑時兩個淺淺的酒渦，瘦瘦小小的背影，和妳頭上的蝴蝶結……怎能忘記，怎能忘記？」感念便又兜上心來。

本來，當離情侵蝕我時，我想把「雨霖鈴」抄給妳們的，那闋叫人神情黯然的離別之詞。後來，我又作罷了，在我翻到那一頁週記時：

「太沈醉在妳的笑裏，驀地裏，突然驚覺時光已經過去了，再也不回來了。好後悔沒有抓住那些逝去的日子，那些有妳的笑語，有妳熟悉的背影，有妳那飄飄欲飛的蝴蝶的日子——或許我們再也沒有機會在一起，然而，妳將永遠活在我心中……」

不必掠美柳永，這是一闋比雨霖鈴還要叫我顫抖的離別詞，我不是在感念妳們對我的相知，而是感念於妳們對我毫不「相知」，卻付出了「相知」的感情。記得上課時，講到南北文風，我說南方女子多情且易感，所以多委婉之思，沒想到這話深深地牽引了妳們的心，一位同學給我的「信」中說：老師說的一點也不錯。是的，我知道妳們想到了自己。我也一樣，想到我們，都是一輩至死學不會世故，至死，堅持生活在自己嚮往的感受裏。

在內心，我太貧乏，甚至有時還要妳們的「輸血」，我能給妳們什麼呢？在這離別前夕，我只能把我膚淺的體驗告訴妳們，我只能把我對妳們的希望告訴妳們；當妳們被愁苦瀰漫時，決不要像妳們的老師那樣，曾經心灰意懶過，如果妳們仍然信賴我，一定要相信：這世界沒有使我們悲觀的權利，除非我們自己要。我們有一顆熾熱的心，怎能把它冷凍在冰箱裏？

（六十三年五月號文壇）

感情的花朵

——代贈MH

不同的心緒，異樣的情懷，我穿過晨霧的迷茫裏，再度踏上那嶙峋山徑。

當一個人，我才發覺，當一個人內心的積鬱無處排遣時，就只能像我這樣，把精力消耗在腳底，期望一步就能踩碎一點記憶。

濃濃的霧，深深的愁，詩詩，你曾像霧一樣罩在我身上，你也曾使我的希望在霧裏沈落於陰鬱的深淵，尤其是，你使我在霧裏參悟了一點人生的眞諦。

而今，輕輕的霧，淡淡的愁，早來的陽光隨着我的腳步而上昇，融化了你的霧，我的淚。

斜徑上，鳥囀帶來雙雙的儷影，啁啾的聲音像在諷刺。詩詩，我曾經忍受過你淡寞的眼光、我曾經生活在和你會面的想望中。甚至於，我也曾經寂寞的蹲在你闌珊的笑聲裏。如今，我是不寂寞的。一個從小在寂寞中長大的孩子，永遠認識寂寞的意義、寂寞的深度、以及寂寞曾經帶來的難堪。卽使在你離我而去後，我仍然能在它的照顧下沈默的思想。我已經可以不怕很多東西；不怕路人的睥睨、不怕世俗的指責，甚至也不怕你對我的不在乎。有些人生活到了某種境界後，卽使痛苦對他也成爲一種力量；而我，則是到了另一種地步，那就是，任何打擊我都能無動於衷，我已經可以孤獨地走自己固執的路。

對於一個曾經懦弱如我的人，最不幸的莫如嚐到了一次叫人靈魂也爲之震顫的愛情。誰又知道呢，愛情只是謊言的代名詞。當我們自以爲相知那樣深，也正因誤會而墜入情網的時候，從來也沒想到，有一天會因失望背道而馳。

林蔭夾道，淸幽一如往昔，假使沒有鳥語，那一份靜謐可以敲得出聲來。紅漆的人造蘭亭，千朵蘭花吐芳爭媚。我喜歡東亞蘭，細長而纖巧，冷艷而高雅，我一直喜愛含苞的細蕾甚於盛開的花朵。

我曾經把希望置於含苞的玫瑰裏，蘊育着無窮的芬芳，寄給你去摧殘。

一切錯誤都在我，只因我沒有自知之智與知人之明；如果我們心有靈犀，那麼用不着互吐心聲就能心靈交融；如果我們始終異路，那麼，卽令把感情掛在嘴上，也無補綿亘的思懷。

一切的覺悟，總在錯誤發生後才來叩門。

眼前一片迤邐的朝鮮草坪，躺下來，就看見嬉戲在藍天的浮雲，乍合乍分，互相追逐又互相離異。我們正像兩片雲，相逢在偶然，卻相離在必然；爲着往後長長的日子裏，我們無法苦心孤詣地努力保持那份搖搖欲墜的感情。

輕風拂面而過，像要掃盡我們過去的足跡；逝去的永遠像是捕不住的輕風，玫瑰也只能獨自顫抖在它留下的淸爽中。我說過，我只是個配株守一隅，遠遠的欣賞、悄悄地欣賞着別人的人。讓永不疲於飄揚的淸風繼續它的追尋吧。

午間，微雨竟象紗般罩了下來，曾幾何時，我紊亂的心思正像那穿梭的雨網。雨絲交織成我對你的回憶，那時，思念便在心底蝸行。

每一個微雨下守候的夜，詩詩總像夢一樣在我心裏走過去。

走過去，走過去，我知道，該走的總會走，微雨就要停止，藍天就會放晴，心靈的雨季再也不會來，那一灘泥濘也將消失在陽光下。

溫情的蓓蕾，如果不肯早凋，那麼也將永遠含苞地沈入我的心臆中。

（五十九年七月十五日中國時報）

幽林深處

臨時找不到車，我們便步行走入山中。我是喜歡在麗日當空的天氣中步行的。再也想不到，這一次，我和玫玫相約走在這霪雨霏霏的山徑上。我如今已慣於調侃自己。那就是說，每一種情景都要體驗一下，沈鬱頓挫之餘還能天馬行空，才有大家風度。

其實，我們大可以不必找這麼堂而皇之的理由——我們已經捨棄了許多東西，又何必在乎這個空殼？讓雨水溼透我們的心，我們是帶着何種作賤自己的心情啊？我們心照不宣，但又清楚的看出，兩個人都掩飾不住失意的情緒。同明相照，同類相求，我們碰得正是時候。

我們逐漸走入山中，玫玫一直不說話。我很能了解她心底的悲哀，因爲了解她如同了解自己。人生，就是那麼一回事，每個人都在不約而同的重演着前人的事蹟，尤其是那些平凡而瑣碎的，再度製造前人的錯誤，重複做一次蠢人。我想，我們兩個都是不可避免的要被人取笑的人物。玫玫總愛訴說羅曼羅蘭的一句話：「這個世界構造得不好，愛人的不被愛，被愛的不愛人，愛而被愛的又遲早要分開。」感情的事就是這麼難纏。

把這些思緒甩在城裏的喧囂中吧，我們現在已走入山中。遠處，一道寬泉自山間掛下，也許徒步來此的人都會有空入寶山的感覺，因爲它並沒有想像中冷泉飛瀑的雄偉。我深知，我們不會有這種感覺，因爲，顯然我們都喜歡這裏人煙的稀少，遊客的絕跡。我們只是藉看瀑布爲名，逃避城裏的煤煙，城裏的煩擾，城裏的情愛，以及文明加諸於我們的矛盾。

別說矛盾全是咎由自取。在這樣長長的日子裏，我用痛苦換得的了解：我體認了自己的茫然，也同時能夠寬恕他人的衝動。然而，我總是人，流着平凡血液的人。我從來也不曾試圖把貧瘠當做富厚，把同情當做愛情——在我每一個清醒的時刻。

可是，啊，玫玫，爲什麼我們總是有不可避免的昏沈時刻？上帝不該因爲我們平凡而懲罰我們！

雨絲在玫玫的長睫蒙上一片紗，她一點也不想掀掉它，也許玫玫是明智的，用沈默來代替一切的抗議。她把手伸進水裏，掬起一坏水，然後又往上一擲，冷泉洒了她一身，玫玫卻望着我，展顏而笑。只有我能了解一些她笑裏的含意。

我們拒絕有一陣沒一陣的友誼，排斥可能的互相虐待，我們不接受零售的幸福。但是，別人，卻用最膚淺、最無知、最嘲弄的眼光來衡量我們。笑吧，玫玫，人都有被他人取笑的一面，因為，這個世界，不會有多少人了解我們。

纏綿於山間的煙嵐不欲歸去，我們也讓心靈棲息在田塍上，像那遠處領着一對小白鵝躺在草堆上的母鵝，我像是突然感到遙遠母親的繫念，起了一陣顫動。畢竟，人失落了什麼的時候，就渴求着另方面的補償。

「玫玫，」我打破岑寂說：「我們都還沒有長大。」

「應該說，還沒有成熟。」她說：「沒有眞正成熟的人，他們要求的情意是至高至善的，然而自己做的卻是庸俗不堪！」

對於某些經驗，我們是不可諱言的太貧乏了，然而，我們又不能假造成熟。

「讓我們找回一些童稚之心，重新生活吧，只有眞正的生活，才會給妳內涵，使妳超然。有一天，妳才會懂得，如何把生命的價值儲存在對方的生命。」

我想告訴玫玫的話卻梗在喉頭，其實，聰明如玫玫，是不需要多說的。

下山的時候，已是萬家燈火，我卻期望着這一趟沒有白走，一場小波折，在眞正的生命中，實在沒有什麼地位。而我遂有了這樣的期望；我所謂的沈鬱頓挫，天馬行空對我不再是個諷刺。

（五十九年七月二十三日中國時報）

離別書

驟雨過後，天空一片慘白而明亮，雨後的園子裏，一步一泥坑，乍回首，一窪窪的泥淖竟似喘息；思緒陷進去又被吐出來。

總記得，你喜歡雨天、雨後、和走在雨中。

那個細雨濛濛的傘下，我們踩着水聲，奏出了友情的序曲，為往後一串的長談拉開了簾幕。

沒有人會發現，也許，沒有人會承認，我們性格上竟造出這麼多「共鳴」——連我們都驚異；從起程到終點；用坦誠和爽朗去了解對方，心境竟是海闊天空，而靈犀又常一點即通。

一日日在接近，一步步去了解的日子，使我們既心悸又驚喜；那一陣互容互諒，互信互任，相知又相助的純情，心也為之飛揚，神亦為之跋扈。我以為，一段曠古未有的純情在被我製造着。

雖然時間實在太短，卻幾乎談盡了心裏的話——也因此才發現心裏的話是談不盡的。每一封信，每一次長談，都是在彼此心境上作進一層的拓展。

八月的葡萄架，掛着纍纍迷人的成熟，往事亦成串，往事亦成熟。

一串串小小而熱烈的爭執，常像游魚吐水般在我們面前浮沈，也在那滂沱的雨聲裏，爲「知音」、爲「善良」、爲「了解」的定義而爭執；爲感情的三階段而強調；爲趙明誠、李淸照，爲沈三白、陳芸娘的生活境界而各持己見，還爲我們性格上的「異同」而鬥嘴。每一次都在臉紅脖子尙未粗的情況下休戰。

一連連的討論會，新舊文學的辨析，愛情境界的討論，學問領域的探索，在學問與人生上之「高處不勝寒」的論戰。種種知識，種種見解，種種偏見和癖好，激發出那麼多的愉快、歡笑、韻味。卽令是誤會，也似是爲了製造快樂而產生的。

曾經爲此而無上自豪，爲我們純潔的感情可以屹立於一切之上，爲我們在自以爲劃時代的境界裏陶醉而不知甦醒。

有多少人踏遍了他的生之旅程而一無所獲，而我們，我們卻能在短短的兩個月的時間中捕捉一切。

我們要天眞而不幼稚，要成熟而不老邁。

你說過：「也許我們都十分的聰明，但相對的，我們也十分糊塗。」

我們是兩個杞人，都有着「物極必反」的顧慮，害怕美好對於我們只是蜻蜓點水式的訪問。

事實竟，一語成讖。

了解於曾經滄海難爲水的眞諦，對於喪失一個知心朋友，我們都會有痛徹心脾的痛苦。

你說：也許過於潔白的東西，更易於蒙塵。

而我說：已很潔白的東西，不應再添色。

我們終於發現，性格上殊途又不能同歸的時候了。

導致我們不安的，殲滅我們友情的，不是因爲我們本質上的改變，只是因爲我們有所不同，那不同也只是因爲亞當和夏娃的不同。

你所期望的日子，只帶給我太多的恐懼，害怕再跨一步便踩碎了完美。

沒有人能，也沒有人可以，對我作如是的期望。

於是，種種坦誠的對話，會心的笑意，種種的關懷與切磋，便只能在心底反芻。

完美被封入了記憶，雖則它總愛不期然的來撩撥一下心扉。也始知，過去多一分歡樂，如今就憑添一分痛苦；多一個笑靨，就憑添一道淚痕；成熟竟需要痛苦來催化。

對於別離，我們都有太多傳統式的感情，雖則那不可救藥，雖則它不切時宜，更使我們難堪；但，誰說痛苦不是一種享受呢！

整整的一季，花開花謝也不過如此，我們曾有過一樹的璀璨，在春風中，如今秋已屆。

你說，環境不允許我們，世俗不了解我們，朋友也不相信我們。我說，任何外物都不足以阻止我們，除非我們自己在阻止自己。追求，便成爲一種徒然的努力。

讓我們就這樣理智的、清醒的、和平的，而又悲涼的道再見吧，在這雨後的蒼穹下；慘白而明亮。

（六十一年四月號青溪月刊）

給囡囡

囡囡，水霧一刹那間朦了你的黑眸，阿姨卻笑了。那一聲長啼，是那樣縈繞人懷，久久不能散去。

你在哭，大家都這麼說。但是，在阿姨的定義中，你的啼叫是不能稱其爲哭的。哭是心裏一種對悲痛最失敗的抵抗方法，是最無奈的投降，是絕望後的發洩。但是，囡囡，你沒有悲痛，沒有無奈，更沒有過絕望。圍繞你的，只有愛以及更多的愛，你的小字典裏那會有「哭」這個字呢？爲了一不小心而摔交，你就打開你的小唱機，只要一塊小餅乾你就可以，像別人所說的，破涕爲笑了。囡囡，你那兒懂得爲悽愴的生命而痛哭？爲人類的厄運而哀泣？

靈魂之窗，許多人都管那叫靈魂之窗。透過那兩扇窗，罪惡遂在此出入。

此刻，你的小窗半開着，然而你已在夢中。囡囡，你還小，還不懂得罪惡，因此，你不懂得要把罪惡關在窗外。而阿姨，阿姨，已不復有夢，阿姨被揑在現實中，阿姨被摒棄在你玲瓏剔透的夢境之外。

已經是很遙遠的事了，當你第一次開啟你的小窗時，阿姨眞高興自己是第一個進入你眼中的人。雖然那時候的你並不漂亮，紅通通的小身子像一攤稀泥。但是阿姨喜歡，喜歡第一次做了阿姨，喜歡會有你這樣一個小東西喊我阿姨。不會有人瞭解的，包括你在內，這份感情，雖然被坎在現實中，阿姨仍然很清晰地自覺到。

還有更遙遠的事情，囡囡，早在二十年前，有個小女嬰的眼眸也像你一般的清瑩。但是如今，她學會了忍耐，學着寬恕，學着做人，也同時學着背叛自己。二十年，阿姨雖然得到了很多，但是阿姨失去了更多，失去了生命中許多不可再得的澄藍。

所以，阿姨要告訴你，雖然你還聽不懂，阿姨仍然要說。囡囡，打開你的靈魂小窗，去看那碧澄的天，浩瀚的海，詭譎的世事，悲壯的人生。同時，也打開你心之門扉，趁着你還能毫無忌諱去愛的時候，趁着還能把愛，毫無掩飾的展現在你的笑靨中時。

是的，毫無掩飾，沒有一絲矯揉，沒有一絲虛僞，也沒有一點企圖和希冀，阿姨欣賞你的，就是你所呈現的這些。

囡囡，別笑阿姨嘴碎，阿姨嘮叨，也別笑阿姨如許平凡的空虛。因爲，阿姨說過你還小，你還不懂得去關懷人類亙古不變的處境，你也還不了解什麼叫悲劇；尤其你不會了解，悲劇總發生於生活的比較和個人的不滿。但是往後，在生活的蛻變中，生命的探求裏，有朝一日，你終會懂的，想着你的小窗終會馱載理解後的負荷，阿姨就忍不住再度將你緊緊擁抱，爲着沒有多少機會，可以擁抱純淨一如現在的你。

（五十九年四月號青溪月刊）

後記

寫「給囡囡」時，雖然姐姐已經結婚兩年多，但我仍未做阿姨，只是有這麼一種感情，便「揑造」了這麼一個「事實」。而兩年後，我眞的做了瑄瑄的阿姨，我卻爲了任敎而遠走蘭陽，一年後返北，邊敎書邊讀書，還要編東西，眞是疲於奔命。而瑄瑄，主觀地說，是世界上我所見過的最美麗、最可愛、最聰明又最調皮的小精靈。從來沒有想到過在嬰兒身上會發現這麼多詭譎的寶藏。而面對這樣一座寶山，我居然沒能抽空寫出一點超越「給囡囡」的東西來，決不是「忙」所能辭其咎的。

紅樓小簡

愛上層樓

「每一次，在三樓晚自習的時候，我總選個臨窗的位子；可是，一望到底下無邊際的黑暗，心就整個直往下沈了。」

你年輕的心靈能載動多少愁呢？筠。

我不反對你說愁，因爲人生本來就有許多事情等着讓我們去愁的。但是愁也要愁得有內容，愁得有深度。你千萬別不識愁滋味就給自己冠上「迷失一代」的帽子，那不是個很好的名詞。常常，喝醉的人，不承認自己醉了，倒是沒醉的人卻感到醺醺然；筠，你也曾是這樣的嗎？

你的愁，我想，多半是由你的人生哲學來的。我也並不反對你研究哲學，那是會幫助你更能思想的。但是，有位女作家說過：「世上有兩種快樂，一是在沒有深度以前的自足，一是有深度以後的明達；在你一開始思想時，你已經失去第一種快樂了，而在你沒把永恆的問題想通以前，第二種快樂你又決然得不着。」筠，你是不是正在這青黃不接的時候，你想通了那「永恆的問題」沒有？讓我們深思，直到有朝一日，我們想通了，再去研究卡繆，沙特的存在哲學；那時候，你的那一份超然，不再會只給你苦悶，晦澀，不安與無奈的感覺。筠，讓我們開始深思。

環境・心境

我要送給你一段詩，筠，是佛洛斯特寫給他的同胞的，讓我借來贈給你——

我們擁有的，我們仍漠不關心，
我們關心的，我們已不再擁有，
我們保留一些什麼使自己貧弱，
直到我們發現，原來是我們自己——

你總是說：「我們的生活圈子太小，環境限制了我們的生活，連帶也限制了我們的心境。」筠，怎麼樣的環境下，你才會有更廣濶的心境呢？你說得出你的條件來嗎？臺北是我們現在唯一擁有的院轄市，而我不會因爲提起它而使自己感到有一絲驕傲。站在紅樓頂層，脚下只是幾株蒙塵的椰子樹和成列的冬青；樹間穿梭着的是挾着課本的學生，圍牆外是來往的行人，而街心，奔馳着氣喘的公車。放眼過去，滿目擁有的只是樓房和更多的樓房。筠，沒有青山、沒有綠水、更沒有田野和平疇，也正因爲如此，所以對於校園裏那幾許綠，那象徵着被文明遺忘了的自然，我一點也不吝惜自己的感情。我滿足，因爲我擁有。

而風城，風城擁有更多的綠野和青葱；在高可參天的松林掩映下有紅樓，紅樓邊是離離的朝鮮草，朝鮮草外是無垠的稻浪。這些，風城擁有的，臺北都沒有，而且永遠不會有。而臺北有的，風城不需要。是什麼樣的「環境」限制了你的心境呢？

境由心造，筠，對於某些人，一株草，一池綠，都讓他們覺得海闊天空，魚躍鳶飛；而愛挑剔環境的人，即使到了天堂，也不會有滿足的時候。你接受我這句話嗎？你體會得了佛洛斯特的「詩意」嗎？

晦澀與成熟

筠，我不否認，我有過一段比你更晦澀的日子，它深深的刺痛了我，生命是盲目的，空虛的，是不可挽回的失敗，是不可救藥的絕望；找不着生命的方向，生活的重心，生存的寄托的日子彷佛就在昨天。而筠，痛苦的代價竟是那麼可貴，它給你成熟。你知道貝多芬怎樣走到昇華的境界嗎？你曉得什麼化悲憤爲力量嗎？每一個熟透的蘋果不都有過青澀的日子嗎？

筠，正視人生，當你被注定要做一個師專生的時候，你永遠不該說：「頭屆師專生是犧牲品，名爲師事，其實不知事何物！」筠，聖人不凝滯於物，我們不必苛求自己要當聖人，只是我們必需知道，勇者不爲環境所囿，勇者可以化干戈爲玉帛；化戾氣爲祥和；勇者還可以創造環境。

我們是二十歲，筠，我們曾有過二十個無知的年華，在搖籃中，在幼稚裏，而人生會有幾個二十歲呢，我們能不能設法讓自己站在比現實更高的地方，那麼我們就離成熟不遠了。

生命內涵

記得你曾對那個只圖物質享受的林鄙夷的說；「沒有內容的人；」這使我想起，生命的內涵這問題來。筠，什麼樣的人才是有「內容」的人呢？你我自信都有「內容」嗎？那些脅下挾着書，蒼白著臉，蹙緊了眉，經常在「小說」中充主角的人是有「內容」麼？而你，筠，說眞的，你別生氣，你有很多的憤懣，怨懟和不平——不管你有多麼正當的理由去解釋它，你自信是有內容的人嗎？人是很可憐的，筠，人類時常不曉得自己做的是對或錯，甚至也不明白自己在做些什麼。

妳看到學生弒老師的新聞嗎？我敢說，到目前爲止，那個犯罪的孩子的內心深處還沒弄清楚他到底做了些什麼。

生命是那麼無知而且醜陋嗎？那一切都是命運主宰的麼？我記得你說過：「命運是不可抗拒的悲哀！」

那是心靈蒙塵的人對自己所說的話，筠，因爲我們生命貧乏一無內容，所以無知。人生，難道不是鍥而不捨的去追求一些足以充實生命內涵的東西嗎？只有愚蠢的人讓幼稚永遠存在，不懂得嘲笑命運反爲命運所譏。

真理何在

眞理是什麼，很久以前你就問過我。

我自信自己也正在摸索它的階段，我經常讓這個問題輕叩着心扉，在寒雨敲窗或者午夜夢廻的時刻。

日出東方落於西，是自然現象，一加一等於二是人爲的公式，牛頓定下三大定律，是科學家苦心孤詣爲大自然歸納了的事實，而法律，法律只代表一種權威。

這些，都不是眞理。

眞理是用來說明抽象的東西的，它是理想。眞理抓不着，看不見，卻可以感覺得出來。

眞理是光，是熱，是愛，是在內心深而又深之處盪漾着的希望。

讓陽光曬乾翅膀

筠，你看見過鴿子落水的情形沒有？昨天，我家裏養的鴿子有那麼一隻竟掉到驟雨後的水窪裏。我們把牠撈起後用布把牠裹起來，擺在雨後的陽光下。起先，它像死了般一動也不動的躺着。而後，它由布堆中鑽了出來，撐開翅膀，抖抖身子，讓陽光揮發那一身潮溼。我又看到牠逐漸恢復以往的活潑，它試着跑和跳，終於振翼高飛了。

筠，你喜歡咀嚼井底的泥濘，還是鴻飛冥冥的舒暢呢？你是否想到過，我們也有落水的時候，此刻也許我們正是，那麼，先讓陽光晒乾自己的翅膀吧！

（五十八年六月號文壇）

薤露行

樂隊一直送着輓歌，仍然掩不住嚶嚶的哀泣。「一夢千古」的靈車矗然在目。白色的喪服在蜿蜒的山徑上飄浮。我們踩着多少傷心人踏過的足跡，我們走着每一個人都行過的路。

在送你的行列中，也許，我是唯一的陌生人，對於你，以及你的家人。我們雖然生活在同一個城裏，雖然在同一學校，同一個院系。但是，我們未曾見過一面，有許多相識的機會都讓我們失之交臂。我始終相信，相識相交只是遲早的事情。如果人和人之間有緣，不必靠人爲的力量也能相識而相知，如果無緣……，哦，也許我們眞是無緣，因爲我們始終陌生。

我們「相見」在這種場合，你被覆在白被單下，被覆在厚實的棺蓋裏。一切，於我都是那麼不可思議！

在許多知道你，認識你又了解你的朋友口中，我早就知道你是個孤傲的苦學者。我想起自己也一度深深的埋藏過自己。所以，我也可以了解孤僻者是最需要溫情的人。人，因為需要溫情而孤獨，但為着得不到需要的溫情而變得孤僻。你的那份傲然也是因此而起的吧？也許，很少人會了解，一顆被憂患磨蝕得敏感的心，它的外表總是用排斥來掩護自己。而內裏，只是因為要求更深的情誼而痛苦着。我始終相信，只要是人，不可避免的都會具有人性中柔和的一面，尤其，像帶着靈性與才氣的你，也會有着典型人類的特性的。在公祭的遺像中，我看到的還只是個中學的大孩子。而我的心裏曾經不經意的塑造過你的容貌。那是屬於一個成年人的模樣。成人，我說的成人，你了解嗎？一個成人是意味着成熟與解事的。而你，不論在心裏或年齡上也都是該到這個時候了。

我的想像雖然是荒繆絕頂的，然而，認眞說來，這世界上有什麼事不是荒繆的呢？許多人用眼淚痛哭與懺悔來挽救死者，但是一切都無濟於事。——也許我必須解釋，我並非用着鄙夷的態度來看別人的哭泣，甚且，那是一樁頂神聖的情操。然而，在我們陰鬱的生活裏，每個人的哭泣雖都有他的理由，但是，上帝不能同時照顧每一個人。因此，在我心裏，雖然有着無法克服的戚楚，卽令在我傷心欲絕的痛苦中，我也不願把眼淚當做宣洩的工具。也許你，或者別人會以為我只是在自圓其說。世上有些超人，像羅曼羅蘭筆下的約翰克利斯朵夫，在他眞正能超然於世時，卽使是愛人的死亡也不能帶給他如常人般的悲苦行動。自然，我距離那一份超然是太遙遠了，我的隔膜也近乎冷淡。但是，對於無濟於事的事，我一向是不主張用空洞的行為來做心理上的補救的。

新竹是個出了名的風城，漫天的冷風捲起新闢公墓的塵土，野草撩人，荒塚觸目，哭聲錐心，而你，默默的，靜靜的。你是眞的走了，在排雲山莊的除夕那天，你就走了，我說過，我們總是交臂而過。

我也說過，我不是超人，在慘澹的霧氣籠罩下，我雖然善於自我告慰，卻仍然感到窒息的難堪。

墓穴已經掘好，荒塚又將添新墳。每個人都在不同的路徑上奔向同一的終點，卽令活着的時候被認爲有高下之分，但死後，都是同樣的遭遇。你不看見嗎？那用石灰砌成的纍纍墓塚，只是青一色的透着單調與孤寂。

這一刻，當紅土將傾覆於你身上時，那是被人意味着你和人世，已經幽暝異路，靈犀難通了。因此，不可挽救的悲泣再度做着最後的掙扎。我想着，在雪地裏的你也曾的做過最後的掙扎，可是，最後你終於放棄了。不久，爲你而號泣的人也會放棄掙扎而下山。甚至於，有一天，人們會遺忘你。你是應該了解而不能憤怒的，時間會帶走一切。而我們對你的哀悼也只是五十步與百步之差。有一天，我們會不能哀悼自己而被別人來哀悼，有一天，我們也會被遺忘。我們出生和死亡，在宇宙的光年裏，淡漠得像沒那回事一般。

因此，放棄那些不能挽救的事實吧！如果你覺得心有未甘，那麼，儘可能做一些有助於你的努力吧！尤其，你還是個天主教徒，依着教義來說，人生的死，並不是終站，而已是另一段旅程的開始，我希望，於你，於一衆的人都是這樣的。

也許有一天，我們會相見，會相識，還會相知，那是在另一個世界上。人生，有許多的偶然，想來在人生之外，也必有許多不可逆料的際遇。

（五十八年大衆日報）

橫貫道上

——寄筠筠

那奇妙的日子，在我長長的期待中，款步而來。兩部專車蜿蜒在曲折的山路上。筠筠，我是那樣興奮。這是個燦爛濃郁的世界，滿是椰子花滿是綠色的叢林的世界。

下午，流連在霧社。這兒的山胞似乎永遠要保留他們祖先的遺風，仍然以帶縛頭携物。眞的，筠筠，他們是屬於自然的，誠樸而古拙。文明隔離了人和大自然，使我們早已忘記自己是大自然的兒女。筠筠，我們實在沒有許多機會可以吟山詠水了；而霧社的居民像是擁有太多的悠閒與安逸。妳可別笑我的顚狂，當妳在笑別人的幼稚時，妳已然是相當老邁了。爲什麼不鬆弛一下自己呢，我們需要一點天眞，一些直覺的感情，原始的生命。

八月的霧社之夜，有着如水的秋意，這樣可愛的夜晚，多麼宜於我們的談心。筠筠，讓我的聲音化成縷縷和風，輕拂過妳的夢，祈望妳的夢裏有我們的笑語和霧社蘋果梨的幽香。

筠筠，這樣清麗的夜晚，這樣輕鬆的心情，山風送來竹韻和松濤，坐在石階上，整個人像被提昇，我突然感到一陣超然。不過，筠筠，我知道，妳我都不是超人，我們有人性與個性，有屬於人類的感情，我們並不需要那被標榜過了的超人的冷漠。妳我都只是人，平凡的人。筠筠，卽使英雄也有常人的情感，偉人也有平凡的念頭，何況我們，以及我們周遭的人。所以，筠筠，我所謂的超然只是一種對於人性的理解，我們是人，因此就要對於人存著幾分同情和諒解，你儘可以漠視世俗的形式、虛僞、做作，但是妳不能忽略人們的缺陷，當妳憎惡別人時，也就等於在憎惡自己了。我們，筠筠，我是這樣想，我們並無必要學超人，只單純地生活在理想裏，我們要活得有理想卻不孤獨。

筠筠，夜空像艘船，滿載一天星星，在光輝斑斕裏，讓我們開始心底的祈禱……。

坐了二十九點五公里的車到了昆陽，正式開始我們第一天的徒步。

這眞是一個好的開始，藍天像水晶般瑩透，三千零九十五公尺高的山上舖滿了只有一巴掌般高的小竹林。像平攤着無邊無際的綠色席夢思。多麼引人遐思，筠筠，那萋萋芳草，綠遍江南的情景！

第一次，我見到這般翠綠，在這樣輕颸的柔風中，蟬聲穿梭的樹林間，溪水淙淙的山澗裏。還有在伙伴的同行中，不快樂簡直是不可能的。筠筠，大自然，是誰說過的，大自然永遠有比教育更大的力量。眞的，筠筠，此刻我才覺得，人離開了自然就會貧乏，這眞是萬古而常新的定律。

我們開始進入險峻的山道，望着鑿痕纍纍的岩壁的每一個窿窟，那都是血和汗凝成的。我的心頭有無比的敬意。筠筠，這項工程眞是不可思議，路面修在高山腰上，穿過重重的深山，站在高處，可以看見盤旋而上的汽車蜿蜒在如帶的路面上，即使駕車而過都是驚險萬分，更何況，要在沒有路的叢林中硬開出一條來。筠筠，我記得當初告訴妳我要參加徒步隊，妳笑着誇我偉大，我心底確實也自覺有幾分了不起的感覺。怎麼不使人驕傲呢，我要負重，要全天候的去和詭譎的山路搏鬬。可是，筠筠，往往我們自以爲的偉大在許多更偉大的事情面前就顯得格外微不足道，甚且非常可笑起來。

有許多人，他們默默的在平凡中結束了生命，沒有人憑弔，甚至沒有人知道。筠筠，人生何價呢？常聽人說：「出生只是在分期繳納死亡的利息。」一生的本身並沒有什麼價值可言，死亡也一樣。如果我們不給它一些什麼，它本身怎麼可能會象徵些什麼來呢？作爲一個人，必須生存、掙扎、受苦、受難，同樣最後他必須承受死亡的裁判。生命，一個人的生命在芸芸衆生當中，究竟有什麼價值呢，那些築路英雄卻找到生命的眞諦了。

筠筠，別笑我的激動，每一代都要成爲過去，成爲陳跡，在悠遠的光年裏，我們的存在何其渺小，而我們的上一代利用他們短暫的生命，給深山鑿開萬古長存的道路，給人類留下歷久彌新的記憶。他們有着一般人的生，但他們有一般人所沒有的永恒和不朽。想一想，筠筠，我們呢？

我們微不足道的生命何嘗為人類盡過任何一點微不足道的責任？筠筠，我們始終缺乏一點什麼，那就是像偉人一般追求理想，鍥而不捨的精神。

在松雪樓用過午飯後，繼續我們的長征，峯廻路轉，肚子裏的東西早已消化光了，而松雪樓仍然在附近，好像我們永遠只是繞着它轉似的，我想，這眞可比諸水經注中的黃牛了。

夜宿大禹嶺，沒有想像中的冷，許是大棉袍加身，還有個熱騰騰的晚會。眞的，施領隊那一手跳蚤舞，「的確値回票價」。青春，它是那樣的可愛，像盤旋而舞的希望，瀰漫溫暖了山巔的大木屋。

山，筠筠，妳見過眞正的山麼？今天，我們才眞正走入山中，潑墨裏的山形高插入雲，有懸崖，有峭壁，有瀑布，有急湍，如帶般綿延在立霧溪的兩傍，澗水奔竄在高峻的大理石中間，淙淙的聲音廻響在山間每一個角落，眞有千山萬壑的氣派。扶在石欄邊，俯瞰底下的深淵，有點兒昏眩，這就是所謂靈魂被震懾的情況吧？除了拿古人的話「至矣、盡矣、蔑有加矣」來贊歎一番外，筠筠，我心底的那份激動是找不出更好的形容詞了。

倚在石欄邊，我始終激動着，也高興着自己那樣年輕，因為我們還有登萬仞之崗的豪情。筠筠，沒有經歷過跋涉努力是得不到成功的。此刻，我有浪子歸家，遊子返鄉的激情，讓我唱一曲留學生回國的歌吧，那種心情正能代表我的：

抓起一把故鄉的泥土

讓芬芳揉滿你的衣襟
以雙臂緊擁住母親
將親吻密密地洒在她的白髮上
要唱就唱吧
要哭就哭吧
你已回國
你已回家

人類長久離開自然，離開自己的家，那簡直是一種罪過，一種不可寬恕的愚蠢。筠筠，妳這麼年輕，年輕人沒有徒步一趟橫貫公路，眞是辜負了青春，將來老了，妳會覺得自己活得多麼寃枉。所以，不論妳有多麼堂皇的理由，也不能拒絕青山綠水的邀請。

筠筠，人的一生，一直在意識或無意識的追求着什麼；多少個希望死去，多少個等待成空，只爲了尋找生命中眞正的滿足，只要尋着了，刹那卽是永恒。妳不覺得嗎？人生的路，多像那崎嶇的山道，有平坦，有懸谷，有寬道也有荊棘。一路上，我們可以欣賞我們所喜歡欣賞的，享受我們所能夠享受的，跋涉自己所應該跋涉的。

八月的旋律，夏日的組曲，深山的跫音，霧溪的繆思——屬於橫貫道上的是一首羅曼蒂克的詩篇。

我變黑了，變醜了，臉孔脫皮了，腿兒變粗了，腳底也開燈泡廠了。但是，筠筠，一切我得到的遠遠蓋過我失去的——也許我壓根兒也沒失落過什麼。怎麼說呢，筠筠，我所獲得的不是 Knowledge 而是 wisdom，不是 fact，而是 truth 哪。

在花蓮海濱，聆聽着海嘯奏出離別的笙簫，別說我心頭盛滿多少離情別緒，別說妳是我難得的知已，只許夜把記憶再度塵封。只能道一聲珍重，道一聲珍重，那一聲珍重裏，喔，筠筠，有我多少甜蜜的憂愁呀！

（五十九年七月號幼獅文藝）

萬山磅礴

——北部橫貫公路健行領隊記

對於陌生的環境；人和事，我都有興致去試探；雖然，起先，我接觸它，處理它的態度常是笨拙的。但是，樂意在笨拙中試煉自己。

於是，我欣然領受宜蘭救國團給我的一個機會：北部橫貫公路健行隊領隊之職。雖然在接到十七梯次的領隊名單中，發現自己是唯一的女性時，頗有一點警惕之心，但馬上又坦然了，我不敢說自己是「不放棄任何吃苦的機會」，但確然是「不放棄任何磨鍊自己的機會」。

七月八日，全隊隊員到桃園救國團報到，繼晚餐而來的是歡迎茶會，這時我才看清屬下這二十八名人員，都是高中生或高中畢業生，男女各半。在晚餐及晚會中充分表現了他們的靦覥與認生。

九日，開始第一天的行程，乘車抵內柵，再步行至石門水庫，這段徒步路程很短，卻走了兩小時，中午在環翠樓餐畢，便乘船抵阿姆坪。石門水庫水位降低，船只能送到半途，我們便下船，爬了一段路，度過一片荒草平野，摸到了公路，才走到阿姆坪站，然後乘桃園客運抵復興鄉介壽國中。這天路程雖不辛苦，卻十分別致。

值得一提的是復興鄉，在桃園縣裏面積最大，而人口最少，居民都住在那特有的臺地上，大多以養菇爲生。復興鄉是個值得細翫的地方，大漢溪旁着角板山的腹部，給這層層山林的臺地帶來氤氳的霧氣與陰凉；冷氣機永遠也推銷不到這兒來。那天我們到達時間較晚，不能盡興一遊，實是憾事。

第三天，先乘公路局車至高坡，因山路塌方，下車，徒步至高義，午餐，再徒步至巴陵。巴陵，是我所見過的最美的服務站，一幢艷藍的小洋房，遠望像個彩色積木箱，近看如一幢精緻的別墅，裏邊設備齊全，據說是今年三月才完工，在這裏，我們飽餐一頓幾天來最豐富的晚餐。

十一日，便是正式的全天候徒步了，早晨由巴陵至四稜午餐，再徒步至明池，一共二十二公里，大漢溪一直跟着我們走，而大漢橋卻停在路邊。這其間，有一站「萱源」，在公路對面，也就是在大漢溪的另一邊的山腰上，那兒有一座國民學校，據說由萱源到國校，要先下一道八十度的長梯，經過一座吊橋，再爬上一道八十度的長梯。那兒的學生每天就是這般被鍛鍊着，不像我們這些四體不勤的人，只在寒暑假才出來「試鍊」一下。

明池，有一座苗圃及花圃，很有世外桃源的風味。而招待所，像一座小山莊，廣大又別致，紅色的木頭房屋散列着，不僅設備好，康樂器材也很豐富，我們還打了幾場羽毛球及乒乓球，非常盡興。

最後一天，由明池徒步十五公里至第一道班午餐，再徒步五公里至百韜橋，然後乘車抵宜蘭服務站，算是「功德圓滿」。

救國團舉辦暑期青年活動已經進入第二十一年了。記得初中時，學校一再鼓勵學生參加，卻無人問津；高中時我還曾被硬性抽籤參加，到了大學，搶着要報名，卻苦於名額有限。我們打聽了一下，發現他們也都是「爭取」得來的機會。在那翠綠的季節，引導學生走出自己狹隘的天地，走向自然，走進試煉，救國團無疑是成功了。不過，據我觀察，積極爭取參加機會的，大多是一些成績不太好，愛玩好動的學生，他們參加暑期活動的目的是「玩」，絲毫不曾考慮過「自強」的意義，也不會體味到「為了接受戰鬥洗禮而來」的眞諦。他們享受優渥的招待時，會認為這是理所當然，因爲他們交了錢；一旦他們因高山設備簡陋而不便時，便有了埋怨；他們參加的是健行隊，但有時還會埋怨走得太多，或晾衣洗浴用電就寢的限制，當然，也幾乎沒有人考慮過：來到山中，不是爲了享受，而是要認識生活——卽令我們願意去用心體認，在這六天當中，又能領略多少呢！

責怪青年，自然是不合理的，他們那麼年輕，尤其高中生，可以說還太年輕，卽令是大學生，卽令我自己——如果不任領隊之職的話，也不見得會了解，也不見得懂得去了解的。

如果不是身任領隊之職，如果沒跟辦事人員接觸，我也不會知道，我們吃的住的，都是得來不易的。比方在復興鄉，當地不生產蔬菜肉食，都是專車到大溪買來的。巴陵站也一樣，因爲坍方，不能到大溪，便轉到宜蘭購買。每一站的服務人員都是從各機關、學校臨時調來做義務服務的。

當我們徒步到明池的前一站四稜時，有大卡車從明池爲我們送來便當，然後替我們把背包送到明池。下午，我們便空着手徒步。第二天早上，也是這輛卡車，在吃完早餐後，先把我們的便當送到下一站第一道班。區區一個健行隊，卻是大大地勞師動衆的。

四年前，我做過中部橫貫公路的健行隊員，記憶中，當時許多物質條件比目前北橫差，至於當時每天徒步路程，要比目前北橫所走的長，比北橫更苦。記得第一天走下來，兩腳發酸發軟發疼，不敢想像第二天要如何渡過。事實上，第二天早上，酸、軟、疼依然，而我們健行速度也依然。記得當時我的健行有如奔跑，一來趕時間，一來怕停頓下來那種酸疼會使我們無法再度起步。雖然在那奔馳的苦痛中，口中會不自覺地念念有詞：「下次絕不再來」，但走完中橫，必然無人會爲這一趟而後悔，而最值得我們感到光榮、驕傲的是，除了爲我們先安排的應該乘車之外，我們從來不曾客串黃魚。那一趟中橫走下來，我才發現，人的潛能幾乎是無限的，我們常常會做出連自己也不以爲做得到的事。那一趟走下來，我開始對自己的耐力有信心，開始不怕肉體上的苦難或折磨。

也許救國團年年都在做着適度的改進，在物質上，處處改進，給學員們方便，在精神上，爲他們安排娛樂節目，在行程上，減少徒步距離，安排好了搭車與徒步的行程，在徒步的時間範圍內，是綽綽有餘的。站在一個隊員的立場，我個人是寧願各方面都困乏一點，因爲，平時我們是不願也沒有機會磨鍊自己的。

我是確認青年要接受「戰鬪的洗禮」的，尤其在體能上，要給青年一種信心，一股力量，除了去磨鍊他，讓他自己體會出來外，別無他法，他也許會抱怨一時，卻受用終生。

在我們行抵四稜時，明池站的蔣輔導員爲我們送飯來，他一見我，便笑着說：「我在這山上辦了這幾年北橫健行隊，妳是第一個女領隊。」

我承認在體力上是「男女有別」，也無意要在這方面「不讓鬚眉」。只是，我發現有太多女孩子，她們在先天的意識裏就承認自己「無能」，沒有經過鍛鍊，沒有經過考驗，是沒有資格承認自己無能的。我發現有些女學員腳底起泡了，走一步，停一步，仍然撐着走，可謂「可敬」的了。但是，她沒有經過那撐着酸疼，仍然直奔向前，把雙腳走得發麻的境地，所以，她就不能感受到自己體能的偉大。

從明池到第一道班之間，有十五公里的路程，早晨空手徒步，有軍用卡車爲我們送背包及便當，應該是很輕鬆的一段落。但是，走到半途，送飯卡車開來，卻有許多人爬上車子，向山投降，向路投降，遙遙領先的去了。我知道車上坐的沒有一個是眞正走不動的，雖然有些是走得比較吃力，但更多的是走來絲毫不算困難的，我望着我們這一隊的大隊長，用手在臉上羞他，他終於一躍跳下車來，車上還有比他更高大碩壯的男孩。

從桃園到宜蘭，連續着大小的服務站。以我個人初涉社會，對人世的見解，來看這些義務服務人員，他們大部分是叫人感動的；犧牲假期，爲我們做着日日千篇一律的工作，我們走在路上的人，天天見的新事物、新面孔、新風景，處處泛着新鮮的海潮。而他們，早上送走了一批，下午又迎來一批，日日如此，卻那麼精神奕奕。在介壽國中，那位陳訓導主任，就是個十足負責的人，管理我這批學員，就像管他的學生般，明池的蔣輔導員，也是個辦事有板有眼，極注意生活教育的人，他那樣處處關心，處處管理，連我們那才高三的大隊長都說：「老一輩的人，國家觀念強，處處表現愛國愛民的精神。」這是我們所不及，的確不及。

不可否認，我們這第三梯次仍然是可愛的，從桃園到宜蘭，我看着他們，一個個從靦覥的陌生到活潑頑皮的熟稔。頭一天吃飯，都像新娘進餐般地細緻，末後幾天，便老實不客氣地實行「遠地射擊」了。青年無疑是可愛的，他們喜歡找一些戲謔來博人一粲，看着他們容光煥發洋溢着青春氣息的臉，有時會使人忘情地想放了他們，就讓他們過點優裕的日子，只接受快樂，不接受磨鍊。

自然，青年無疑也是不成熟的，他們寧願多動些手腳，而不願多動點頭腦，尤其是這些特別喜歡走出書房的青年。在我們相處的最後一天的最後一夜，他們便沈不住氣了，整個晚上男生都無法安分，吵着、鬧着，要玩通宵，絲毫不考慮到別人的睡眠，也不曾顧及團體的紀律，熱情固然可感，行爲確然欠雅。

從桃園到明池，我認爲都將成爲很美好的回憶。在宜蘭那一夜，我相信男隊員們也認爲非常輝煌——因爲，年輕總有年輕的錯誤：錯把鷄毛當令箭。身爲領隊的我，也是很願意讓他們瘋狂一宵的，但是我們過的仍是團體生活，卽令是最後五分鐘，也要尊重團體的紀律。那一夜，在夢中，被樓下男生吵醒，我便在陽臺上思索着許多問題，我眞想告許他們，在有紀律的團體中，我們應該學習忍耐；很想告訴他們，一個人要自重自愛，絕不因在黑暗中而一改常態，一個不自重自愛的人是可恥的，如果他反因此而自詡爲英雄，那更是愚蠢。但是，我畢竟沒有告訴他們，因爲，我也沒有一分把握，假如我也是那麼年輕的男孩，也是那麼精力旺盛的話，我可能會了解、接受這些嗎？

六天的相處，因爲職責之故，我多少對學員們是「居高臨下」一覽衆山的，多看了一些也多了解了一些事。我發現要教育青年的東西太多了，除了過去我個人特別強調的體能訓練外，還有智能的開發。在我們這多難的時代、這多難的祖國，不仰賴青年仰賴什麼呢？今年自強活動紀念章上分明刻着「國家需要你，青年當自強」。但是，在這來自各階層各學校的四十餘萬年輕人，有幾個眞正咀嚼過這句話的含意與落空後的悲凉？當然，我個人也首當汗顏，要不是身兼領隊之職，我也許也沒有想到要去反芻這句話。我們有那麼多的標語，每一句標語都蘊含了無盡的奧義，但標語於我們產生過什麼作用？「生命便是火種」，一點也不錯，要使他發光、發熱，而且要在應該發光發熱的地方去發光發熱。我們走進萬山磅礴的山林泉壑中，怎能不帶一點磅礴之氣出來？

（六十二年十月十一日新生副刊）

帶隊記

蘭陽女中，在臺灣「省中」裏的各種競賽中，經常「棄權」，因此蘭女便顯得頗爲「默默無名」。這也許當歸「咎」於學校本身就只是在默默地耕耘着，學校從來不想訓練出一些「名星」學生來「爲校爭光」，也因此，便不得不犧牲一些校外的「榮譽」。相反的，在校內，從我八月初進入校門，到目前爲止，一直都在「戰爭」狀態中，從作文比賽、國文朗讀比賽、英文背誦比賽、各科競試、健行運動、田徑大賽，一直到目前正達高潮的籃球、壘球賽和正在醞釀中的「合唱比賽」，都是「班際性」的「全民運動」。使得這個座落在幽靜的蘭陽平原上，外表有如古堡的蘭陽女中，一直洋溢着競爭聲、喝采聲與絃歌之聲。

蘭女排球隊便是學校每週三的「聯課活動」中的排球組，這次全省北區中等學校球賽，雖早已來了通知，但學校遲疑再三，並無意問鼎，經體育組長再三「申請」，才在一個月前決定報名，而八名球員才由每週一小時改成每天一小時的練球，雖是臨陣磨槍，卻不料是「牛刀小試」，竟爾旗開得勝。

這次賽球地點在新竹縣竹東國中，我正好算是「地主」，於是學校除了派一位體育老師做教練外，我，便義不容辭的充當「管理組長」，專司八名球員的食宿交通。

對於我，初執教鞭，從來只有被帶的份，卻沒有帶過人。如今，八個小蘿蔔頭（其實塊頭並不小），沒有一個在我所教的兩班裏，我要帶着她們，同行共食共宿，校長又是那麼「愼重其事」，他似乎覺得照顧學生，比打冠軍更重要，心下實在也不免惶惶然。

當我們搭上開往新竹的普通車後，我就按下了那顆心，她們一點也不認生，從討論攻守計劃、講笑話比賽到玩撲克牌，從來不曾靜止過，還帶了餅乾零食，活像出外遠足。

車抵新竹，天氣驟然轉冷，尤其剛步出車站，陣陣寒風，直透脊骨，八個人縮成一團，抖得直叫：「哇，老師，你們新竹的風怎麼這麼可怕！」事實上，我也很久沒有領教過「竹風」了，久違乍逢，竟是感受良深。

我們連奔帶跑的鑽進了她們所謂的「小鴿車」新竹客運，直驅竹東，再轉榮民醫院，安頓好行李，立刻又移向竹東國中。它的操場是由一座墳山鏟平建成的，容得下十二個排球場，由於連日霪雨，滿地泥濘，一踩便沾了一鞋的泥巴，她們叫道：「好了，這下可帶了不少『土產』回去啦！」

平臺上的風又勁又冷，隔一會兒，竟下起霏霏細雨，她們又驚叫道：「怎麼竹風借起蘭雨來了？」

我笑着說：「蘭雨可要打敗竹風哩。」果然，第一場對手便是「竹女」。

她們八個雖然長得相當「不弱」，很有運動員的風味，但個子都不高，光看她們練球，實在看不出有多少「潛力」，我可有點擔心了。吳教練跟我說：「她們當中有幾個是從小學就開始打排球的，在學校雖然不勤練，底子還是有的，尤其那個戴眼鏡的周敏貞，她殺的球，又強又急，咱們學校的男老師都不敢接哩！」

我吐吐舌頭，又搖搖頭，看不出，秀秀氣氣的，手力那麼強。天黑了，我帶她們回「家」，她們好像眞不懂什麼叫「疲累」，大半天都在車上折騰，加上練球，回來後，仍然一個個神采飛揚，高談濶論，又不乏笑料，連操鍋的母親也爲之笑倒。母親說，自從我們家大大小小相繼負笈臺北後，已經很久沒有聽過這麼爽朗的笑聲了。

開飯，她們八個正好坐一桌，我正待走開，她們便叫道：「老師不來吃呀？」

我說我跟母親一道吃。

「唉呀，那不行，老師不來我們吃不下。」

「我在，妳們才吃不痛快呢！」我說：「何況也坐不下了。」

「坐得下，坐得下。」她們立刻擠出一個空來：「老師這個位子最大。」

「那麼我是第二，妳第三，哈，美姬最小。」

「最小就最小，我吃最多。」沈美姬說：「好，老師，可以開始了，一、二、三，快攻飯桶山！」

幸虧我還沒舉箸，否則，眞要爲她的表情跟言語而噴飯。

想不到運動員就有那副快速的訓練，只見她們一邊吃、一邊笑，一邊說、一邊盛飯，而眼前的菜，一下子就接近尾聲，我被她們夾在中間，半碗飯還沒吃完呢。

第二天早上，我帶她們到球場，然後說：「好好打球，我去市場買菜做中飯。」

中午，我正在後邊房間整理東西，聽見一連串的拉門聲，是她們從厨房進來了，我聽見母親問她們：「打得怎麼樣？」竟不見回答。我便放下東西，準備走出來，正好她們一個個垂頭喪氣的跨進房門，沒有一個人看着我。

我發現事情有點不妙，打敗了，也不必沮喪如此呀。

「到底怎麼啦？」我輕輕的問。

「贏啦！」她們同時跳起來，一陣又響又亮的叫喊，我笑着每人賞她們一「粉拳」——事後她們這麼說。

中午匆匆吃完飯，便又要開拔。我說：「爲了防止妳們虛報軍情，所以我要親自參觀現場表演。」

以後的幾場，我都跟在她們旁邊，也因此，才體驗到自己跟她們竟有種「榮辱與共，生死相關」的感情。我爲她們每一個漂亮的殺球而拍手，爲每一個失球而惋惜，爲每一場勝利而歡呼。尤其當我們跟勁敵光復中學對抗時，第一局敗北，當時竟有點「無顏見江東」之感，雖然過後兩局又扳了回來。

我說，蘭女眞是「名不見經傳」，許多人都在問，這支勁旅是那個學校的，有人說：「男女、男女，有這等怪校名？」有些人笑說：「那裏，那裏，那裏有這個『那裏』？」叫人啼笑皆非。

光復中學是新竹隊，又泰半是竹東國中畢業的，天時、地利外加人和，兩隊又是旗鼓相當，招來一羣觀衆，卻都是爲光復加油的。區區蘭女，我一個人孤掌難鳴，頗有虎落平陽之歎呢。所幸，誠如學生所說：「吉人自有天相」，咱們可經得起考驗。

連勝了好幾場，於是我跟吳教練商量帶她們去新竹，逛清大，然後到她們最熱衷、也是最慕名而來的地方——城隍廟，飽餐一頓，再大包小包的拖了一些名產打道回府。

晚上，醫院宿舍竟像是專門歡慶這八個小鬼似的，正好放映電影，她們都如「饑不擇食」的影迷，連片名也不曉得便一窩蜂的跑了去。回來時，我正在房間算賬，老遠就聽見她們的笑聲：「老師，好好笑唷，妳都不去看，我表演給妳看！」

說着，便手舞足蹈的表演起來了，又引起一陣鬨堂大笑，我只看見她表情的好笑，只聽見一連串的大笑，根本沒看懂她們的意思，我說：

「妳們表演得妙極了，倒底是什麼片子？」

又一陣哄堂，她們抱着肚子說：「老師，我們看的片子就叫『妙極了』呀！」

對抗北市商時，也許對手並不如想像中那麼強勁，因此，在比賽時，有幾個隊員不那麼心神專注。雖然也是連勝兩局，卻已有人在批評說，假使更認眞點，會打得更好，於是被指責的一位便在一旁「潸然涕下」。我發現得很遲，非常驚訝，湊過去，她們正在爭論不休，只聽那位「強打者」在教訓其他球員說：

「我們不該這麼責備她的，今天又不只是她一個人分了心，事實上我們每一個人都以爲勝利在望，都有一點心神不寧，我們應該互相鼓勵，怎麼可以光責備她！」

我最怕這種一人向隅的事，只好催她們快「下山」，我一邊走下臺階，一邊考慮着要怎麼替她們打開這個「結」。

事實上，我這擔心竟是多餘的，當我們走到福利社，爲她們叫來了點心、米粉時，一陣嘈雜笑鬧聲，老早把那小小的磨擦澋平了。事實上，到底是那一個「向隅」過，我可眞的找不出來了呢。

我愣在那兒，幾乎感到是被「上了一課」，我是一個並不容易忘記「哭泣」的人，那只不過更增加心情的負擔罷了。而她們，是由於運動員的磊落？還是赤子之心的光明？竟使陰影無法片刻佔據心靈？我笑了，我相信我笑得比她們還開心。

戰勝金甌商職後，便「榮獲」這次高女乙組的冠軍了，她們很高興地留連在尙未塡寫的成績布告邊，想像着蘭女卽將被塡上。我卻焦急地想着必需奉校長之命，要在當天趕回宜蘭。我們把冠軍杯留給吳敎練領，便匆匆下山趕車去。

也許爲了趕時間，也許爲了忙着拿車票收據，也許爲了打勝仗而太興奮，當然，也許只不過因爲我太糊塗，竟把洋傘掉在買票枱上。

下車後，賴淑美突然走到我身邊：

「老師，我好像有東西忘了帶回來。」

「什麼東西？」我看看她，她的樣子不像眞的掉了東西，我笑着說：「莫不是冠軍杯？」

「不是的，」她搔搔頭，驚訝地叫道：「唉呀，老師的傘也不見了？」

「唉呀，」我也叫了起來，果然忘得一乾二淨，想一想：「可能放在吳老師的排球袋子裏忘了拿，要不，就是掉在買票枱上。」

「下山時我還看見老師拿在手上。」一個說。

「那麼一定掉在買票枱了，快回去請老師的妹妹騎單車去拿好了。」一個說。

我拉着她們就走：「算了，算了，一把破傘——」

「在這裏！」又是一聲齊叫，傘從賴淑美的外套裏冒出臉來，一個個笑得前俯後仰。

我搖搖頭笑着說：「爲人師，大不易，不但在課堂上要想辦法把課講得好，課堂下，還要處處提防學生『暗算』哩！」

笑聲停了後，她們還說：「回去後，我們騙您媽媽說，打敗了。」

「老媽媽有什麼好騙的，」我說：「她才不像妳們的倒楣老師那麼緊張，那麼關心呢。」

「老師，」一個說：「回去後，妳要怎麼跟校長報告？」

「報告什麼？」我奇怪的問。

「報告我們『騙』妳呀！」

「這呀，」我說：「我不只要報告妳們處心積慮要聯合騙我，還要騙我的媽媽呢！」

她們又是一陣大笑。

帶她們回去洗個澡，然後趕車回宜。短短的四天三夜，是教書幾個月來最美的休止符。我也才發現自己是多麼喜歡保有赤子之心的小孩，像她們，開朗、直爽、活潑、調皮又聰明。她們喜歡把自己的笑話講出來以博一粲，把喜怒哀樂都呈現出來，絲毫不懂矯揉造作，一個個都是未經彫琢的璞玉。說她們天眞未鑿固然是，但卻也並不因此而不懂分寸。她們餓時固然會叫吃，但她們吃完飯後卻又會搶着要洗碗，睡覺時也會搶着要把好的舖位讓出來。有時，又處處表現得「善體人意」。調皮起來，又會模倣老師的樣子，演一些不傷大雅的鬧劇。

人不能離羣索居，而人與人相處，就只不過在尋找、製造與享受相處的融洽。每一次，當我獲得一個我始料未及的意外之喜時，總會高興地一再想抓住它、體驗它與回味它。如今，那竹東簡陋的小屋裏，似仍洋溢着笑聲；那醫院的長長通道上，似仍跳躍着八個活潑的身影；東中球場上，似仍揮舞着幾雙小拳頭。笑聲洒滿了這四天三夜的日子，在我的感覺，卽令我們回到蘭女，分道揚鑣後如能再在一起，也不會再有這麼融洽的「場合」了。

於是，在我一閉眼時，那八個小調皮便又會上來要「勾引」我，「騙」我呢！

（六十二年一月十二日新生副刊）

雲箋一束

一個做母親的有多少悲哀呢？她必需用最大的痛苦，去換一個孩子，但她只能用驕傲去代替那痛苦，用快樂去掩蓋那痛苦。假如她生下一個天才，她則不能享受擁有天才的快樂，假如生下一個白痴，她卻要負擔白痴的痛苦。而假使，她的孩子只是平凡，她更要費盡心血去使她不平凡些。

但是，每一個子女都沉睡在她泛濫着愛的幸福裏，但他們不知；也因此，每一個母親，都是一樁奇蹟，但她自己也不知。

讚美一個母親是多餘的，在她來說，付出的快樂比受到的讚美更多。

高一時，我初次離家，在滂沱大雨中，母親送我鑽進計程車。當我關上車窗，只見她在朦朧中揮着手，漫天的大雨，簇擁着她，紛然、漠然，而又冷然。

當時，也許還太年輕，還不懂得用一個遊子的眼光來看母親，雨聲太大，我聽不見她蹣跚的步履。

歲月，使我成長、青春，也同時追逐着母親，把苦難及衰老罩在她身上。

想母親也曾年輕過，也嬌嫩過，一個獨生女，該比她的女兒還目空一切，不可一世過，但是她卻那樣百般遷就她女兒。

二十幾個嚴冬，寒風吹老了多少年輕的笑聲，吹碎了無數少女少婦詩意的憧憬，何況八個包袱——爲着我們八個都平凡，就足夠穿透她的背脊，使她龍鐘、枯萎。

一個母親的希望，總是被兒女們放在看不見的遙遠上，她們回憶着過去，信仰着將來。最天眞的人就是母親，她用所有的日子，用整個的生命，去賄賂、去等待一個不可預期的希望。

我時常和母親的希望背道而馳。我刁鑽不馴，使她不安。

有多少沉澱在她心底，陽光照不到，兒女想不到，丈夫看不到的煩惱？而她一個人沈默地呑噬着。

在都市，樓厦崢嶸，車水馬龍，母親顯得那麼渺小，也許人潮會把她沖走，時代會把她帶過，親友會把她忘記，因爲，她是那樣平凡——粗糙在她手上，皺紋爬滿她臉孔，只因爲她甘於犧牲。

偉大本來只從某點看，豈不聞乎完人自古從無有？母親，也許做不出轟轟烈烈的事蹟，但是，她偉大。

也許我肯定得太遲，多少人在我之前已肯定了它，但是，誰說眞理不是要每一個人重新去發掘與肯定？

——青春不是人生的一段時光

青春是心情的一種狀況

——青春是鮮明的情感，

豐富的想像

向上的願望，

像泉水一樣的清澈沁涼

——誰說不是呢，青春，正是一種永不熄滅的愛——母愛。

（六十二年八月號文壇

選譯入六十二年九月號英文助讀月刊）

嚴冬撫情篇

人都有寂寞、空虛與失落的低潮，都有不易爲人所知的苦惱，這時候，我們最需要的便是友情的慰藉。每個人內心的話都要找好朋友互相傾訴的，但是，卻往往欠缺彼此了解的機會，更欠缺容忍他人的胸懷。

有一次，和一位初識的朋友相談甚久，別後，他寄來一箋：「上回跟你談了許多，事後想起來，不曉得自己怎麼搞的，竟然主觀地大膽認定你也是『我輩中人』。」就這樣，開始了我們的友誼。

人與人心之間，往往由於主觀、成見的隔閡，相處既不易，了解則更難。但是，突然，「不曉得怎麼搞的」，自己竟然主動祛除那一層障碍，而你和對方互相感到是「我輩中人」而「深獲我心」後，友情便往前跨了一大步。

我就特別喜歡跟自己「沆瀣一氣」的朋友。每個人的生活圈子都是一個圓，兩個圓或多個圓，會合時，相重的部分都不一致；因此，朋友是五花八門的，有的適合共讀詩書，有的宜於運動遊玩，有的便於閒聊共飲，從酒肉之交、學問之交，一直到性靈之交，應有盡有。張潮就說得好：「對淵博友，如讀異書；對風雅友，如讀名人詩文；對謹飭友，如讀聖賢經傳；對滑稽友，如讀傳奇小說。」

眞堪稱是個能欣賞朋友的人了。當然，也有些朋友是不僅獨具一面的，也有「靜如處子，動如狡兎」的，就在乎喜好之所投與友情範圍之廣狹及程度之深淺了。

這其中，歸納言之，「性靈之交」最屬高境，也最能籠罩其餘。「性靈之交」要使對方跟你靈犀相通，變成知己，然後，你才感覺出被認識、被了解、被關心、被欣賞，甚至被寵愛與被責備的快樂；在這種朋友面前，我們不怕被看透看穿，因爲，卽令他了解你許多無可救藥的缺失，但他仍不會因此而抹煞你整個人。

跟朋友處久了，一方面會發現對方耐人尋味的一面，同時，也會見到他「不修邊幅」的一角。事實上，對於我們自己認爲的朋友，對於他的「不修邊幅」——比方說，他的放肆、他之使性、固執，甚至吵嘴，都反而是一種很率眞的表現，而且雷嗔電怒後必然是雨過天青，更饒情味——假使我們不是好朋友，對方怎麼會把最原始的純眞面目呈現給你呢——在這人人都封閉自己的時代。

過去讀史書，常見歷史上無數「英雄的寂寞」，他們身懷絕藝，滿腔熱血，待價而估，但受者無人，最後，以一死賣給賞識他的人；但那些「禮賢下士」者流，又何嘗不是在做着劉備摔孩子——收買人心的勾當而已？李白就說得好：

「笑矣乎，笑矣乎，趙有豫讓楚屈平，賣身買得千秋名……漢帝不懷李將軍，楚王放卻屈大夫，悲矣乎，悲矣乎，秦家李斯早追悔，虛名撥向身之外……」

西人霍姆也說：

「爲朋友死不難，難的是找一個值得爲他死的朋友。」

用這觀點來看那些寂寞的英雄，以及他們的遭遇，就格外顯得悲涼了。

我們多麼慶幸自己並不是生在那種時代，也從來不居那種心。那些英雄唯一的錯誤便是：向富貴中尋知己。殊不知自己不過是做別人成功的墊腳石而已。

我們可以在身邊找到願意認識你、欣賞你、了解你而你也願意那樣對他的人——雖則交朋友本身是件嘔心瀝血的事，但這正是人類本心所追求着的。

交友不在時間之長短，而在會通之有時。想想，有一天，你和你的朋友，在一剎那間，同時把心都放開來。想想，也許你們只在短短的一年、一月或一週內，結爲莫逆。想想，有多少人辛辛苦苦地踏遍了他的一生，而沒有找到你在一段短時間內所獲得的！

當我們快樂時，讓那些我們願意與他分享的朋友共享我們的快樂；當我們愁苦時，也不妨跟那些能誠心分擔我們愁苦的朋友「牛衣對泣」吧。

(六十三年八月號文壇)

八月清談

㈠開場篇

「嗨，陸——潞，你是叫陸潞吧？」

「是的，你眞好記性。」

「我叫耿曄。」

「喔，我會記得你的。」

「你好像不太習慣這裏，剛剛我在老遠看你弄了好久，沒什麼困難吧？再過十五分鐘就要集合了。」

「還好，我從小認生，到了新環境就是適應不來。」

「那你爲什麼要參加夏令營？」

「家母希望我參加教會的一切活動。」

「你可以不答應。」

「我以爲我可以嚐試到處走走，人不能老是蹲在蝸殼裏是不是？」

「所以你勉強自己出來？」

「也不算勉強；我知道這兒風景不錯，暑假裏難得有個消暑去處。不過，一來還是出了岔，昨天，多謝你的幫忙。」

「那裏，爲女孩服務是我們的光榮。」

「我可不願意因爲是女孩而受優待，我以爲你的幫忙純粹是基於友誼的。」

「眞抱歉，我以爲女孩們都喜歡這樣。」

「不要以偏概全，甚至以全概偏。尤其不該學著迎合。」

「說的是，你是屬於少數與衆不同的女孩子。」

「我不承認，我只是覺得一個女孩不應該接受那種憐憫般的照顧，成全男孩子的優越感。」

「一般女孩並不這麼認爲的，她們好像覺得被照顧才是一種優越的待遇。」

「那——我想是她們誤解了。」

「你很懂得思想。」

「不見得，我只是喜歡而已。你的定語不要下得太早，而且，我也不喜歡溢美之辭。」

「是這樣嗎？依你說，朋友互相的照拂，也是一種施捨？」

「不是的，朋友間的互助也必須的。我強調的只是態度。朋友間是一種單純的友誼，你知道的，友誼的定義。」

「是的，我們可以成爲朋友。」

「不難的，只要雙方有誠意。」

㈡了　解　篇

「陸潞，到處找你，原來躲在這兒。」

「你看，耿曄，昨天刮了一夜的風，幾乎落滿了一河面的油加利葉。」

「你喜歡看落葉？」

「此刻才喜歡上。」

「你很殘忍吧？」

「爲什麼？」

「你愛看枯葉隨波逐流，那是很可憐的，他們長在同一棵樹上，卻沖散在河裏。」

「爲什麼你不說，他們生在同一棵樹上，死在同一條河心？」

「你這麼想嗎?我只是說落花流水一直被人用來象徵悲劇氣氛的。」

「爲什麼要考慮別人的看法呢，我只是想說，各人有各人的看法，你不要拿自己的看法去詮釋甚至曲解別人的。」

「你說的很有趣，認識你眞有意思。」

「有些人覺得認識我很不幸，他們覺得我怪。」

「那是因爲他們不了解你。」

「你也不了解我，我們才認識三天。」

「可是我們談了很多，如果你不反對，我們以後還有更多的機會。」

「能找個人談談也好，總是一種發洩，過後覺得很輕鬆。」

「你的確不同於一般女孩子。」

「爲什麼?」

「因爲，一般女孩子總是欲言又止，拖拖拉拉，保留得厲害。

「你是說我不夠含蓄?」

「不敢，我是說你很直爽。」

「我不打算隱藏自己對事情的看法，如果我錯了，說出來還有得到糾正的機會。」

「你的看法很獨到。」

「過獎，不過，卽使如此，也沒有人能眞正了解我，至少以前沒有過・我大概是很不容易被了解的吧。」

「我可以嚐試？」

「隨你。」

「你時常隱瞞自己吧？」

「何以見得？」

「一般說來，不了解是因爲接觸少的緣故。」

「過去有一段時間是如此，不過你應該相信現在我並不這樣。」

「我想，我可以了你解。」

「在你還沒開始前，不要說大話。」

「你這話不算是大話？」

「我想我有把握這樣說，因爲我不打算隱瞞自己，可是仍然不能讓別人了解。鐵的事實，不信你試試看吧。」

㈢生 活 篇

「你今天精神不太好，耿嘩。」

「晚上沒睡好，我過不來衆人雜居的生活。」

「富家少爺，享福慣了。」

「別挖苦我，只是不喜歡類似宿舍的生活。」

「爲什麼？」

「人多口雜，是非多。」

「如果說，生活即是教育，你還需要再教育。」

「生活是多方面的，不一定非要由這裏找。」

「但是這裏給你的也許最多。」

「你過過團體生活？」

「高中三年，包括大學一年，都住宿舍。」

「你爲什麼要住宿舍呢？願意受氣？」

「受氣嗎？何以見得，住宿舍就會有氣受？」

「住過的人都這麼說。」

「我早告訴過你，不要以偏概全，你並沒有對所有住宿生做過調查。」

「你的意思是說住宿舍對你只有好處？」

「我得到的遠超過了我的想像。」

「你說過你不太能適應團體生活。」

「就因爲這樣。所以我才勉強自己去過那種生活。」

「勉強自己去做一件事，就會得到意外的收穫?」

「那自然不一定，不過我們總要試着去做一些自己不喜愛的工作。」

「說說你的收穫吧!」

「我學到很多做人的道理，比方說，忍耐，讓步一點，寬大，厚道一些等等。你知道的，對於女孩子，這些都不容易做到，尤其像我這種本身就不具備它的人。」

「你是說，目前你已具備了?」

「自然未必，不過比以前好一些是眞的。」

「舉例以對。」

「嘿，你眞皮!比方說，我過去在家裏兇得像母夜叉，對弟弟妹妹們的要求，往往超過他們的年齡，所以他們都怕我，父母也說我像管家婆，兇煞神，你知道，一個女孩子到了這種地步，實在很可悲的。等我住在外邊，曉得不能隨便使性子，處處不能不讓人一點後，才了解退一步海闊天空的道理。不過，學習、領悟的過程是相當痛苦的。」

「痛苦會有代價的。」

「是的，回家後，我突然覺得自己的弟妹眞是無比的可愛，我想，對於外人我都能忍受的，對自己的家人爲什麼不能容忍？」

「你很能在生活中擷取教訓。」

「可以這麼說，一個人生活圈子擴大些，眼光也會跟着放大一點。」

「但是有些人，生活一輩子，眼光仍然狹隘。」

「對於不會思想的人，的確如此。」

「你，你很熱愛生命，是吧？」

「你呢？」

「我先問你。」

「我，還沒有到那個地步。記得有一次，我像是突然發現生命竟遠不如想像的美好。」

「也不如想像的壞吧？」

「不，比想像糟多了。我覺得世界上充滿了陰險、詭詐、自私、貪婪和不平，一切都好像要講條件似的，甚至包括友誼在內。」

「友誼？條件？」

「是的，友誼也是掂斤掄兩講價的。有一位教授說過，目前的友情，像商品，而且是批發的。」

「噢，好怪的說法。」

「事實如此，你是少見多怪。所以我感到很失望，不過，後來我的看法幡然而改。」

「怎麼個改法？」

「你想，如果生活中儘是美好，久之，我們也會厭倦的吧？生活中，唯其有逆境，我們才懂得創造美境，也懂得珍惜完美。」

「你很能付生活以意義。」

「不是我付上的，是它本身原已具備，而我過去不曾發覺而已。」

(四)信仰篇

「夏令營只剩一天了，陸潞，我眞有點捨不得。」

「你捨不得那一點呢？這裏的環境？還是梅修女、李修女、艾神父的講道？」

「都不是，你呢？有沒有一點離情別緒？」

「我是個理智的人，不會傻動感情，我是來這裏修心養性的。」

「這麼說，這一週來你自認為得到了什麼沒有？」

「平靜。」

「這地方眞好，確實適合幽居，也宜於傳教。」

「傳敎也要有技巧，如果再利用傳統的方法或敎室的氣氛來蠱惑別人，如果這樣，對於許多知識份子，至少對於我，就無能爲力。」

「你說的是什麼氣氛？」

「比方說，教堂的建築，是那樣高大巍峩，金碧輝煌，那種高插入雲的尖頂，乳香迷漫的氣氛，引起一般人的遐思，而且，有種所謂『神聖』的感覺。如果信仰所仗恃的只是這些，那麼信仰本身就有問題。」

「做爲一個教徒，你這話會使修女們吃驚。」

「我從來不想掩飾自己對宗教的懷疑態度。也唯其懷疑，才有追求眞理的動機，而追求眞理必然要有誠實的態度，這，你知道的。」

「依我看，幾天來梅修女們對你下的工夫是白費了？」

「你看，我帶來一本好書。」

「上帝之死，喔，梅修女看到了會嚇死的，她一定認爲你靈魂已到了無可救藥的地步。」

「隨她去，我不願被像孩童般指示着去祈禱而得到一種幼稚的快樂，與其過着幸福的、欺瞞的人生，我願過着痛苦的，眞實的人生。換句話說，如果上帝眞的死了，我願意接受這個事實。」

「上帝是不是眞的死了呢？你說。」

「我不知道。」

「你不是看過這本書？」

「正在看，卽使看了也不見得眞知道上帝的着落，上帝死了，那只是尼采個人的看法。」

「你的態度很好，你相信上帝存在過？」

「我這麼希望。而且我領過洗，我希望自己不會變成教會的叛徒。目前我保留我對教會的態度，我尊重所有的教友，在某一方面來說，他們是單純而且快活的。做爲一個人，有信仰比沒信仰好。」

「有人說，如果你信了上帝，上帝就自然存在，如果你不信，上帝就不存在，我看你乾脆信了吧，何必花那些腦筋，殫思竭慮還不見得有結果。」

「如果，我吃飽了飯，不想一些值得我想的問題，那麼我活着是爲什麼？」

「是的，活着是爲什麼，你想過沒有？」

「想過，但還沒想出來，不過有許多人，終其一生，他活着就是在想一個問題，他爲什麼活着。」

「結果他們想出來了沒有呢？」

「他們自己說想出來了。」

「你說，你想的呢？」

「我還年輕，才二十歲哩，慢慢想，不急。」

「你也要學他們那麼樣?」

「也許，不過，我不希望自己那樣。」

「你希望怎麼樣?」

「我不知道，我正在想。」

「令堂知不知道你對天主教的態度?我記得你說過，她虔誠得厲害。」

「她知道了的話，會立刻急出心臟病來。」

「如果我是你母親，我會高興有這樣一個會思想的女兒。」

「可惜你不是，你是另外一個母親的兒子。」

「我說假使。」

「卽使是，你也不見得樂觀得起來。做爲一個我這樣女兒的母親，其情形是相當悲哀的。上下兩代的思想不同，家母虔誠的信敎已到了迷信的階段，她的悲哀是不能了解自己女兒的思想，她女兒的悲哀是不敢使自己的思想被了解。」

「我很後悔，最後一天才跟你談到這些，好像遲了。」

「一點也不。如果你打算思想，任何時候都是最好的開始。不過，要開始或不開始，你還有最大的決定權。如果，你一旦掉進思想的深淵，除非你眞的想通了你所想的，否則你一輩子也爬不出泥潭來。」

「我願意掉進去，有思想總比沒思想高級些。」

「隨你，不過你這話一點也不高級。」

「怎麼說？」

「如果爲了表現自己高級一點而去思想的話，你就不是眞的在思想。」

「你說清楚點。」

「我說，思想是一種發自內心，迫不急待的，潛意識的行爲；思想的目的是思想本身，不能加諸其他的目的。」

「說的是，以後也許沒機會再跟你談了。」

「我應該謝你，你一直很有耐心聽我大放厥辭，我承認自己的看法有很多錯誤。」

「說謝的人應該是我。」

「不，是我，你給我一次嚐試的機會。」

「這又怎麼說呢？」

「就是說，我嚐試去把自己的看法毫無保留的說出來後，看看別人能不能了解我。」

「結果呢？」

「結果，要問你呀。」

「說了你也許會失望。」

「沒關係，我老早就知道結果，只不過想更清楚的證實一下，你不介意吧？」

「當然。你希望被了解？」

「被了解總比被誤解好得多。」

「但也有人雖不了解你卻也不誤解你。」

「這種陌生人多的是，不希奇。」

「所以你要找少數了解你的人？」

「物以稀爲貴嘛，哈。」

「祝福你，你會找到的。」

「無論如何，謝謝你幾天來隨我窮聊。」

「我並沒有給你什麼。」

「但是你很誠實，這就夠了。」

「你要求於人的並不多。」

「因爲我本身的缺點不少。」

「我們以後會再見到嗎？」

「我不曉得，但那有什麼重要，是不是？」

「是的，不重要，因爲你很理智。」

「說對了，那麼再說句再見吧！」

（五十八年八月號純文學
選入純文學散文選集）

後記

「八月清談」是我第二篇發表的作品。這篇文章很輕鬆就寫出來，沒有「絞盡腦汁」的「努力」感，所以自己不太重視它，倒是有兩位朋友，始終認爲這篇東西駕乎後來寫的幾篇之上，可眞叫人洩氣呢。

邱文福先生的「談八月清談」，是邱先生在給一位朋友的信中附上評我的三篇文章中的一篇，這批評轉到我手裏，我覺得他說的很有道理，便附在文後：

全部以對話描寫的好處：視覺感官的享受。看起來舒服。陸潞和耿曄兩人，人不見描寫，卻自然活現出來，因對話很具個性，佳。內容應屬「說教」類（想是自己的猶豫之思想悟解後的記述），因是對話，兩個年輕人的直言，毫無說教味外，反覺個性益顯，人物益可愛。

這是一篇成功的嚐試。卻不算是成功的「作品」。夏令營的兩個人，由開始到結束的經過，很自然。開場、了解、生活、信仰四部份井然有秩，似乎表現着：人不易被「了解」，即使「開放」得一如陸潞。但：

⑴太單調：指事態經過，只是兩個人的對話，一直到結束。

⑵太直接：「藝術」貴在以間接之手法表現主題。但間接並不容易做到。有時候「間接」會使人感到不耐。史坦貝克「大地的象徵」，嚕囌叫人討厭。說是「清談」，未免太自「虐」了些。這都是很實際的問題。用來當作「表現」也很可取。

稚情

跟張強分手的時候，他朝我咧開嘴得意的笑了：「怎麼樣，我說哩，這條溪最多蜆子。」

我當時正把脫在一邊的長褲套上，沒答腔。他又說：「我媽看了一定會高興死了，我今天摸的又大又多，明天早上她可以挑到市場去賣。」

蜆子打湯味最鮮，爸爸就時常買它，可是張強摸來的都拿去賣了，剩下一些賣不出去的，小得沒法找出肉來的，才丟到鍋裏自己吃。可是他仍然摸得非常起勁，因爲他可幫母親賺錢了。看着張強一臉紅通通的，我也樂了起來，媽媽當然不會要我把這些蜆子拿去賣，不過拿來煮湯該沒問題吧？我花了一整個下午的工夫哩。

「快點走吧！天要黑了，待會趕不上煮蜆子。」我說，加緊了動作，催着他。

「傻瓜，蜆子要泡一晚上的水，把沙都吐出來才能煮哩，你急也沒用。」張強自以爲很老到的說，依然慢吞吞的收拾他的行頭。其實我那兒是想急着煮蜆子，我是怕回家晚了，媽又嘀咕個不停。她一嘀咕就提我的成績，咳，我的成績不想也罷。我提起蜆子，溼淋淋的水又洒在膝蓋上。

我用張強家裏的小竹箕盛起蜆子，興沖沖的抱回家。媽一定會高興的，因爲爸爸愛吃海鮮，而爸說小妹接爸的代接神了，看見活蜆子、活螃蟹都會流口水。媽媽雖然不愛吃，卻很願意讓爸爸高興。

「媽，」我衝進廚房，媽正在炒菜，回頭看了我一眼。

「你看你，野到那兒去了，弄得一身髒泥，去拿把鏡子照照看！」她轉過身繼續炒菜：「就是不愛乾淨，下午連個人影也沒見到！」

我的勇氣給媽媽嚇了回去，但是仍然不大甘心：「媽」我叫道：「你看——」

「看什麼呀？」媽媽不耐煩的回過頭來看我。

「我下午去摸的蜆子。」我望着媽說，期待着她的反應。

不料媽卻瞪了我一眼：「誰要你去抓這些東西來的？成天不念書，就會和野孩子混，髒死了！拿去丟掉！」

我再也不敢吭聲，避到院子裏把竹箕放下，洗淨了手臉，無聊的坐在龍眼樹下的藤椅上。我不曉得要做什麼好？以前放學後的這個時候，我都有做不完的工作，餵鴿子，餵鷄，爬到屋頂上掃鴿籠，還要清鏟鷄糞，澆院子裏的花樹。我喜歡搞這些，姐姐們都膽小又怕髒，她們說這些事是我一個人的專利。可是後來媽說怕我躭誤了功課，把鴿子送了人，鷄也不養了，我的工作一下子減輕了好多，可是一到像今天這樣的星期六下午，如果不出去玩，呆在家裏，我簡直不曉得要怎麼打發時間。

「皓皓！」媽又叫我：「人又跑到那兒去了？」

「來了，媽。」

「準備開飯。」

我正在抹桌子的時侯，三姐回來了，她右肩背着書包，左手拎個黃包包。三姐上了高中就寄宿在學校。二姐遠在臺北做事，鞭長莫及，三姐隔週回來一趟，媽有時想姐姐們想得厲害就會跑到學校去看三姐。三姐很文靜，人家都說她秀氣，也都說她是書呆子，認得的書比認得的人還要多幾倍。

媽見了三姐，樂得什麼似的：「我說哩，芬芬，你今天一定會回來，你爸爸還不信。考試考完了吧？你看，我今兒特地給你準備的菜，你最愛吃的粉蒸肉、炒鷄丁、香菇湯。」

人家都說媽媽這人熱情，可眞是的，她一興奮，說話勁兒就來了。

三姐揩着額頭上的汗，朝媽媽笑了笑，又從書包裏掏出一張紙來：「媽，這是上個學期的成績單，蓋好章星期一要交回去的。」

媽像得了寶貝似的接過來，其實不用看也知道三姐的成績，書呆子那有成績不好的？媽媽就是百看不厭，還把她的分數都記得牢牢的，逢人提起三姐，還可以背出來，誇耀一番。

「好，芬芬！」媽媽連連點着頭，汗珠由眉心直掛到眼角，我差點以爲是淚：「芬芬成績一向都這麼好！」

吃飯的時候，爸爸也看三姐的成績。媽媽有個習慣，不論好消息、壞消息，或者開家庭會議，都喜歡擺在吃飯時間進行。碰到好消息可以增進食慾，如果是壞消息，那眞是會引起消化不良。爸爸不太愛說話，可是我還是有點怕他說話，尤其看了三姐的成績後，總忘不了補充一點媽媽的話。

「淇淇、芬芬成績一向這麼好，用不着人操心。」爸轉過頭朝四姐及我說：「你們的呢？」

「麗麗的還沒有發。」媽媽是朝着三姐講的：「她的我倒不操心，就是皓皓呀，才急人！第一次月考，國語五十四，算術三十八，就是那麼一門歷史考個九十五，眞不曉得他怎麼讀的！」

我也不曉得怎麼我的國語、算術永遠念不好？媽媽說我根本不用心，爸爸有時說我野，四姐一口咬定我沒出息。其實我那裏不想念好書，可以像姐姐們一樣神氣，可是除了歷史課本，覺得故事很有趣味外，其他功課我都念不進去。

媽媽是非常「婆婆媽媽」的人，以前她罵我們的時候，總是從老大老二數落下來，也許是罵累了，或者是她疼小妹，末了，她就抱起小妹，痛哭起來，嘴裏還數落着家世：「想從前窮時，你大姐不能念書去做事，後來馬馬虎虎嫁了人，卻短命的死了……」弄得一餐飯沒有人吃得飽。現在姐姐們都大了，成績好，媽不再駡她們，目標就都集中在我身上，而且駡起來更有內容。開口閉口：「你大姐、二姐、三姐、四姐……」大姐是眞好，以前家裏窮沒讀書，就會做事，可惜難產死了；二姐成績好，又會玩，大學畢業已經在教書。三姐是書呆子，天塌下來也不想管。四姐我最怕，只不過在省女中念書，成績平平，在我面前趾高氣揚，神得不得了，在二姐三姐面前就癟了；其實她又好吃、又懶惰，又凶，媽媽把她和二姐她們一道提，只不過順口而已。小妹呢，長得矮嘟嘟，胖敦敦的，媽說她傻大妹一個，可是憨人有憨福，才小學二年級，她的成績總是那麼好。只有我，唉，考試到了開夜車仍然考不好，反而落得母規說我笨頭笨腦，四姐駡我裝蒜，博取同情，眞是天曉得。

「皓皓如果把心放在國語、算術上，像念歷史那樣的話，成績也會好起來的。」半天不開腔的三姐這才說。

「他呀，考試到了，只會啃歷史，以爲一科好就了不起了，行了。將來你上了初中，一樣要留級！」四姐插嘴說。

「唉，他成天往外頭野去。」媽又說：「你沒看到，剛剛還不曉得跑到那條陰溝裏撈什麼蜆子，弄了一身泥。」

「媽，蜆子在那兒呀？」小妹問。

「不知道，我叫他扔了，不准吃，要吃可以上街買。」媽聲音鏗鏘的說：「我要皓皓好好念書，把成績弄好了，要什麼都可以。」

小妹不說話了。四姐又開腔，她的槍眼總是描向我：

「三姐，你別看皓皓，一跑出去就生龍活虎似的，一叫他回來念書就像判了他死刑，他根本沒有誠意念書。」

四姐在家裏總是坐在我傍邊看我讀書，她那麼惡覇覇的，我怎麼念得下？可是我總不敢講。

「放了假，把皓皓送到二姐那兒去好了，她不是要留在臺北做事嗎？」三姐說。

「我也這麼想，就怕他補不出個名堂來，你不曉得他有多笨。」

媽跟三姐數說着這些，好像三姐離了幾年似的，其實，三姐的表情冷淡淡的，看不出她是不是很熱心這個問題。鄰居張媽媽說她含蓄。三姐人看起來好斯文，從來不發脾氣，但一發起來可沒人抵得住。以前，小時候媽罵她時，她就立刻站起身，把飯碗一推，不吃了。連媽媽在氣頭上都會讓她三分，更別說見了她就像個烏龜似的四姐了。可是媽罵我時，我不敢作聲，吃不下飯，又不敢不扒飯，有幾回給媽媽罵哭了，四姐還笑我，說我沒出息，什麼男娃娃大豆腐。

我記得我從來沒發過脾氣，連對小妹我也挺客氣的。有一次，我只跟小妹賭着氣玩，給四姐看到了，她就點着我的鼻子罵我：「你，哼，你憑什麼可以生氣？」可是大家都怕二姐、三姐發脾氣，尤其媽媽。她們兩個平時不愛管事，也不挑剔什麼，看起來乖乖的，可是一旦使起性子來，發悶氣，卽使天塌下來也唬不了她，更別說要媽媽擋架了。尤其三姐，有一次我聽見爸爸跟媽說：「老三脾氣可眞難纏，女孩子家這樣怎麼成？」媽媽聽了也嘆口氣說：「就是這點拗不過她，不過她人長得俏，成績又好，有這些也就夠了。」我聽媽媽跟周媽媽、李媽媽們談起兩個姐姐時也只管說她成績多好，又拿到優秀獎學金什麼的，可從來不曾怨過她性子怪。

可是媽媽跟她們一提起我，就差點一把鼻涕一把眼淚起來了。想想，眞難過。我趕緊把剩飯扒進嘴裏，溜下了桌。今天眞倒霉，媽特地爲三姐弄的好菜我都吃不下。以前我們家境窮過一陣子，那時候覺得媽媽燒的菜眞好吃，而我偏偏又是被他們叫做飯桶的人，常常扒飯又扒菜的正在興頭上，一抬眼，正巧碰上四姐瞪過來的眼光。飯後她罵我又貪吃、又沒個好吃相。媽媽說她像個母夜义，母夜义是什麼，我不知道，我可曉得她像戲裏的閻羅王。現在經濟好轉了，小妹最享福，她總是不好好吃正餐，偶而吃一頓又只顧吃大菜，媽和四姐看着她的吃相總是誇她：「小妹眞乖，今天好會吃呀！」

唉，當小妹眞好，家裏個個都寵她。上個幼稚園，小班、中班、大班，回了兩次鍋，每次畢業時還照了像，替她慶祝一番。媽說她生成一副聰明相，從來沒罵過小妹，並且罵我的時候還說：「同是媽生的，姐姐妹妹們都聰明，怎麼你就呆得像木頭，唉，我們家就你這麼一個寶，又沒出息，叫人給你急死了。」

不會念書，媽媽就說我沒出息，人家張強的母親反而不要他念書，只要他會做事情就好了。

她母親聽說國民義務教育要延長三年還發急了呢，因爲他正等張強畢業出去做工。

媽媽頂不喜歡張強，她說：「你就會跟野孩子一道野，人家家裏有田有地，小孩不念書將來也有事做。你看看我們家，就靠你爸爸一個人的薪水撐着過日子，將來可沒遺產留給你們，不好好念書，等你做了無業遊民，不餓死才怪！」

其實，我那兒不想把書念好呢，可是我就是念不好，我最怕背國字，腦子裏總是迷迷糊糊的，有個印像，寫出來不是少了一撇就是多了一點。我記得以前二姐讓我聽寫時，教過我打人用手打，所以是手字邊，她教了我好些這種字，等到要我寫「殺」字時，我想了半天，只寫出個刀字，二姐等得不耐煩了，問我：「你怎麼寫刀字？」

我看她氣色不太好，可又不敢不說：「殺人要用刀。」

「唉，你！」二姐嘆了口氣：「你有腦袋想，怎麼就捨不得花時間去記呢？」

我那裏是不肯呢，總是記不起來嘛。我心裏嘀咕着，可是不敢說出來。二姐對我不凶，可是不知怎的，我很怕她，那種怕是和怕四姐不同的。

成績不好，就這麼沒有地位。媽一提起來就說：「你看你二姐、三姐、四姐、小妹，那個成績單上有過紅字來的，就是你！」就最怕媽媽提起她們的招牌來，誰叫我有這麼多的姐妹呢？

四姐人長得瘦瘦長長的，我可不敢叫她竹竿，可是她的確像根竹竿。媽說她笨手笨腳，不會運動，只會吃，要像小妹還差不多。小妹雖然長得黑黑胖胖的，會吃、會睡、會動、也會念書，還會傻笑。媽對她很滿意，說她楞頭楞腦可是有福相。四姐聽了很不服氣，放暑假的前個星期她看報紙上說溜冰是最好的運動，立刻就跑去買了雙輪鞋回來。她才穿上一隻腳，一站起來就翻了個倒栽葱，我那時站在傍邊不敢作聲，立刻跑了出去才敢笑出來。四姐自那次把臉摔青了以後就不再學了，她怕再摔一次會變成白痴。她把輪鞋藏了起來，自己不用也不肯借給別人。我趁她不在的時候偷找了出來，帶到幼稚園去練習，不出兩個星期，我已經可以和跟我一道而比我早練一個月的陳健並駕齊驅了。

那天，我們正相對滑近的時候，陳健開玩笑拉了我一把，我一個沒留心摔了下去。那時候我只覺得右腿又痲又疼，收拾東西趕緊回家了。我以爲只是跌疼了不打緊，誰曉得到了晚上已經痛得不能走路了，我又不敢說出來，只好窩在被子裏裝睡覺。不料四姐跑過來，掀開被子說：

「現在才幾點鐘，你就上了床，功課做完了沒有？」

我正在不曉得要怎麼回答的時候，三姐走了過來。

「麗麗，等一下，我看看。」三姐朝我說：「皓皓，你是不是身體不舒服？」

「我，我腿痛。」

「什麼腿痛，裝痛！」四姐說。

「麗麗，你別罵，我方才見他一跛一跛的。」三姐說：「皓皓，什麼地方痛，是不是摔了跤？」

「沒，沒有。」我溜了一眼四姐，只好順口扯謊：「沒有摔跤，好像是骨頭痛。」

「骨頭痛？哎唷！那怎麼得了！媽！」三姐一旋身飛快的跑了出去，沒聽到我叫她的聲音。

媽媽來的時候把鄰居當醫生的王伯伯請了來。他要我躺着，把我的腿搬過來扭過去，差點把我痛死了。

「摔了跤是吧？」王伯伯看着我說。

「沒有。」

「你今天有沒有跑到什麼地方去玩？我是說，你有沒有玩劇烈的遊戲？」

他們都看着我，我不敢再說沒有，只好搖搖頭。

「走！我帶你到醫院照張片子看看。」

三姐用腳踏車送我到了醫院，照了片子後再送我回家。晚上，王伯伯到家裏來，他跟媽媽說：「大嫂，片子上沒有問題呀，骨頭並沒有異樣。」

「那就奇了，無緣無故，怎麼會……」

「媽，是不是皓皓患了小兒痲痺症！」三姐緊張的問。

「不會的，」王伯伯說：「讓我再把皓皓帶到醫院去看看。」

「皓皓，」在王伯伯的辦公室裏，他問我：「你老實說說看，你今天是不是摔了跤？你不說出一點原因的話，你要王伯伯怎麼替你醫，是不是？如果你確是無緣無故的腿部起了毛病，那問題就大了，手續也蔴煩，你也有得苦吃。如果，只是摔了跤，那麼王伯伯替你醫，包管幾天內就會好起來。」

經不住王伯伯的圈套，我終於從實招來。

「哈！」王伯伯笑了，在我肩上拍了一下：「我就知道你有文章，這有什麼說不得的呢？傻小子，來，我這就送你回去。」

連王伯伯都說我傻，眞是沒辦法。摔跤的事終於讓媽媽知道了，她還駡我說：「這種渾兒子，腦子不用在書本上，就會做文章騙人，別急死人了！」那時候我差點哭了起來，媽媽從來也不給我好顏色看。

不過唯一使我慶幸的是四姐不曉得我偸用了她的輪鞋。

「我看，」吃飯的時候，媽媽又開始家庭會議：「把皓皓送去你二姐那兒好了，現在已經放了假，他在家裏怎麼也用功不起來，換個環境也許會好些。」

「我贊成！」四姐首先附議，爸爸也點點頭。我默默的扒着飯不敢出聲。

三姐把我送到二姐的住處，那是一間好小的房子，擺了一床一桌，就轉不開身子了。幸虧是上下舖的床，不然的話，我想，我可能要睡床底下呢？

我不曉得住在這麼小的房子裏要怎麼念書？白天二姐去上班，要我在小房子裏念書，念呀念的，我差不多要悶死了。晚上二姐要考試，我都快要窒息了，怎麼還考得出來？二姐先是很耐心的反覆教我，可是有一天，她眞的發火了。

「你到底念不念書，皓皓？白天你在房裏都幹什麼了？越長越小，連小學一年級都抵不上！」

我從來沒有看見二姐這般對我發脾氣，她生起氣來臉色好怕人。我們家，就算二姐三姐對我比較和氣，也比較關心我，現在竟然也拉下臉來，誰叫我這樣沒出息呢。我用牙齒咬着下唇，儘量忍着失望後要奪眶而出的眼淚。

「怎麼，還沒有說你幾句，就要哭了，像不像個男孩子？」她越說越氣。

有一天，二姐叫我坐好，她問我：「皓皓，你說說，到底你自己是怎麼一回事，你是不愛念書？不會念書？怕念書？還是怎麼的？我看你一點也擠不進去。」

「我，我也不知道。」我說的是實話。

「那你以後怎麼辦？將來你長大了呢，要幹什麼？」

我不敢看二姐，也不回答她的問話，媽媽也問過我了，我自己怎麼知道，像我這麼笨的人能做什麼？

「唉，你眞急人，又不曉得你心裏怎麼個想法，念書對你怎麼那麼苦？」

二姐把我送回家的時候，連爸爸也嘆了氣。四姐說：「我說吧，朽木，就是不可雕！」

媽媽牽着小妹，連連的搖着頭，嘆了口氣，什麼也不說，二姐、三姐、四姐都靜靜的站在一傍，我像是突然被推進一個好大的海裏一樣，拼命掙扎也無法游近有人的地方。

（五十九年六月號青溪月刊）

暖陽

穿上我最漂亮的洋裝，跨出寢室門口，發現陽光竟很亮麗地灑了一地，它罩在我身上，暖暖的，酥酥的，又癢癢的。腳下像按了彈簧，步子格外輕快。

宿舍門口已經擠滿了男生，他們正等着八點半門口上的「男賓止步」換上「歡迎參觀」。一年一度，彷彿還不夠他們飽餐。經過特別佈置的女生宿舍有什麼好看的呢，簡直可笑，又可憐。

我站在門口，往他們掃了一眼，我知道當中沒有陳方，他不肯在女生宿舍門口站崗，他說他這一流人物是不與在門口站崗的。就爲了方才那一點，我就允許自己牽就他，我們可以約在別的地方見面。

我朝音樂教室旁的空地走去，那是前三個月我們新發現的地方，三面都是高樓，一邊是敎職員宿舍，中間空出來的草地，還新砌了幾張石凳。

八點十五分。我早到了五分鐘，我是從來不曾早到過的，這次是因爲——因爲，我想，今天的日子多少有點特別。到今天爲止，我和陳方剛好認識一週年，他一定也該記得。今天的陽光又這樣美好，使我根本忘了平時要等到一分不差才走出來。再說，我隱約感到，他或者也會早到的。不過，他雖然不早到，但不能因此說他就不會準時——我發現我已逐漸學着去體諒他了，爲了這一週年，昨晚我整整想了一夜，很興奮又很懷念，當然更珍惜。所以我決定，今天，我一定要收斂起過去那份傲氣。我想我們多少有點不尋常，去年今天，他還是一副目空一切的英雄狀，而我，更驕傲得不可一世似的。說來眞好笑，也眞有味，由互相不理睬到互相吸引；其實，後來我們也都承認，當初之所以不理睬，已因爲早已在欣賞對方了。

後來，當然是陳方先撤去他那副自尊的面具。

我們的自豪，似乎也不無理由，攬鏡自照，我還不曾發現我有什麼缺點，論起氣質，那也是「有目共賞」的，雖然女孩子最重要的不在這些，但我可知道男孩子們最看重的就是這些。其實我自己又何嘗不是，我看重陳方，一則是他的才氣；一則是他的名聲，他剛進大學，就脫穎而出，名聲大噪；一則是他的格調和相貌。當初我也想到過，這些，對於一個終身伴侶似乎並不重要，他的個性倔強，恐怕還是一種缺失，但是我又馬上糾正自己，不可鷄蛋裏挑骨頭，因爲我還不願承認一則也因爲他家境並不富有。

去年，剛認識二個月，我們就吵了架，我挑剔他，因爲他不順着我，我總覺得對他有所不滿，但又說不出是爲什麼。以後，爭吵就斷斷續續的點綴着過去的一年，有時還成爲生活的主流。

爭吵之後總有一種快感，發洩後的快感，和他俯就的快感。

不過，最近三個月，我總算是想通了，我發現他之不可多得，也同時發現自己實在有很多缺點，而且是幾乎無可救藥的。陳方那麼自尊的人，都肯屈身將就我，還有什麼話說呢，我總算投降了，認命了。

認命之後，竟有一種始料不及的暢快感覺。我似乎從來沒有這麼柔順地情願做個小情人，也從來沒有發現付出也就是一種獲得。生活因此變得更有情趣，更有韻味。

今天，因此顯得格外有意義。

陳方還沒有來。八點二十，他一定睡過頭了，這個愛晚睡晏起的傢伙，每逢宿舍熄燈後，他還意猶未盡，點起蠟燭。他說，挑燈夜讀，別有滋味。以前我笑他神經病，最近，我可有點心疼了，蠟燭那樣一閃一閃的，會使他的近視再加上散光的。想起他日後會配一副又厚又渾像瓶底的眼鏡，我就心疼，那會破壞他臉上的美感的。

我一定要勸勸他，就在今天。他最近比較肯聽我的話了。那是因爲，他說，因爲我更肯聽他話的緣故。想不到我的轉變竟能使他也轉變，這又不免使我自豪起來。

還不見他的影子，已經過了五分鐘，眞想跑去男生宿舍把他拖起來。對了，今天男舍也開放，我是可以進去的。可是，既然開放，那麼他就不可能還賴在床上。

設想撲了空，我感到一陣失望。

心裏開始起毛了。曾幾何時，變成我在等他了。秒針在奔跑着，它跑得那麼快，那麼興奮，像要赴約，就像我剛才。我開始感到不甘心，不公平，時間跑得越快，我等他的記錄越長。我幾乎有點氣陳方了，以前約會，我先總是故意遲到五分鐘，最近三個月，我可總是一分不差的，他應該知道的；而他，現在已經遲了十分鐘，居然打破了我的記錄。

什麼也想不下去，再挨五分鐘，就非走不可了，否則顯得自己太不爭氣。

要去那裏？我毫無目的，只能往前走，我的目的就是離開這個地方，一直往前走，意興闌珊。第一次嚐到等人失望的滋味。

「喂！田影！」有人叫我，掉過頭，是李亞芬。

「妳好像不太高興？」她看着我的臉說，

「沒有呀，」我吃了一驚，趕緊擠出笑臉：「我只是在想一個問題。」

「是在找一個人吧？」她要笑不笑的說，臉上充滿詭譎。

我眞有點恨她，今天田影是栽在誰手裏了？我不理她，開步就走。

「喂，」她從背後叫道：「陳方在圖書舘。」

我沒有回頭，其實，我的方向正是朝着圖書舘的。

一進門，陳方果然在，不是在看書，而是在濶談。跟幾個男生，其中有兩個我認出是劉振民和黃格。

他們正圍着閱覽室門口的簽到處，我止住腳步，遠遠的站在門口，看着陳方的背影。其中一個舉起毛筆，遞給陳方說：「陳方，來，你先揮毫！」

他毫不客氣的提起筆來。

「要懸腕呀，大文豪！」劉振民在旁邊叫。

陳方果然把膀子提了起來。我這才發現他對面坐着兩個女生，有一個穿乳黃色洋裝，用淡黃緞帶紮着兩根小辮子，覆額劉海，襯出兩顆又圓又黑的大眼睛，臉頰白中泛紅，正抿着嘴發笑。她放下手時，我才看到那張小巧的紅唇，不像是塗過胭脂，簡直像個洋娃娃，叫人一見之下眼睛就會發亮，無可否認的漂亮，男孩子一定還覺得可愛。

陳方神態自若，一點也沒注意到旁人。我走上樓，準備去看作文展覽，再逗留下去，我一定會受不了。

但是在經過走廊時，我又忍不住停下來，伏在欄杆上，望着下面。

那裹在黃色裏的小女孩，一直沒有開口，卻一逕是微笑着。兩隻分開的辮子，高聳在耳上，簡直像隻小羚羊。

「你的字，很漂亮。」她突然開口，是對着陳方講。

「他還會做詩哩。」劉振民說：「妳要不要他題首詩給妳，他的卽興詩做得最好。」

「說不定將來他成名後，妳還可忝附驥尾哩！」另個男生說。

她滿眼笑意，卻沒有回答。

「來，這把扇子送妳。」劉振民竟自做主張：「陳方來，當衆揮毫題詩吧！」

陳方晃了兩下腦袋，然後，俯下頭，就在撐開的紙扇上揮灑起來，寫完後遞給那女孩。

我想起我屜子裏那一疊他送給我的詩。

「請多批評指敎。」陳方說。

「陳方，不怕準太座河東獅吼嗎？」有個男生說。

「唉呀，」陳方一手拍着額頭：「我忘了一件事了——」

「什麼事？大驚小怪的，準是忘了陪準嫂夫人逛遊園會。」劉振民說：「急什麼，反正你們已經是註册商標了，編個理由去哄她就得了，她不會跑掉的。」

「人家陳方有季常之癖呢！」一個男生說。

「那裏，他老人家更有寡人之疾呢！」劉振民笑哈哈地說：「如今美味當前，秀色可餐，我都捨不得走哩。」

「哈哈，」一個男生說：「陳方，你自己說，你到底是什麼？是有癖有疾還是有病？」

「我嘛，」他揚揚眉，像突然來了靈感，自以爲很瀟灑般的把兩手一抬說：「君不聞乎天予弗取，必得其咎，送上來的東西總不如偸來的滋味好，正餐雖重要，偶而野食也可點綴點綴！」

我一旋身，便奔下了樓，我眞爲那個洋娃娃感到可恥，雖然我更感到氣憤。我的步子又重又響，我沒有看他們那一羣，便往外衝。陳方一定看到我了，因爲我聽到後邊跟來的腳步聲。

「田影！」陳方在後面叫。

我不回頭。

「田影，」他又叫，跑到我旁邊，快步跟我並肩。

我不看他，只更加快腳步。

「田影，」他又叫，並伸手抓住我的肩：「妳聽我——」

「住嘴！」我甩脫他的手：「是你逼着我開口的，你該知道我要說些什麼的。你走吧，是你逼你自己來逼我走的，你該懂。」說完我就跑。

他從後一把拉住我的皮包，蓋子被拉開，裏邊的東西傾囊而出，灑了一地，我不在乎它們，繼續往校門口跑。

我把眼睛擦了擦，絕不讓任何人看見，包括陳方，因爲，因爲陽光依然很美好地罩着校慶日。

(六十年十一月二十四日中華日報)

騙局

抱着一大疊廉價書，從書局鑽出來，我連奔帶跑的趕去上「詩選」。正奔到二進樓的轉角，冷不防「碰」的一聲，只見一個龐然大物撞進我懷裏，把書震得四散。

「哎唷，我的書！」雖然眼前直冒金星，我卻仍記得我的命根子。站穩了身，蹲下去把書撿起，揣進懷裏，站起身，拔腿再跑。

「喂！」背後一聲嬌喚，不由得我一回頭，揉揉眼睛，扶正眼鏡，眞不相信那龐然大物會是這嬌小玲瓏的她。

徐菱嫣然一笑：

「爲什麼這樣落荒而走？」

「徐，徐菱，對不起。」我已經發現自己語無倫次，恨不得拔腿就跑。

她卻笑得很明亮：「我是要跟你道歉的，是我先撞了你。」

「沒，沒關係。」舌頭像打了個結：「我要上課去了，再，再見。」

才跑了兩步，又聽見她叫：「喂！李常！」

煞住車，回轉身，我奇怪地看着她。

「你把我的書也撿走了。」她仍然帶着笑。

我的臉一下子熱了起來：「對不起，對不起。」連忙抽出她的「詩選」遞過去。

「你去上什麼課？這麼趕法？」她問。

「詩選。」

「咦，那你怎麼往二進樓跑？」她說完，突然想起來：「對了，這堂課從這星期開始改在一進三樓上，你不知道？」

「哦，不，不，」我不知道要怎麼說才好，我的確不知道換了教室：「我要回宿舍。」說完，撒腿就跑。

回到宿舍，心臟仍忐忑不已。我真氣自己，氣自己把今天的場面弄得這麼糟，不但有損我的「清譽」，還破壞了這一向保持着「不在乎」的瀟洒風度。

平時和一堆男生在一起，尤其是論書，我可是談笑風生，不可一世的。可是一見女孩，就吃癟；於是，只好做起防禦工事，免得自己那副又可憐又可恨又可嫌的慘相被透視。因此兩年來最乏善可陳的就是那被稱爲大學生「必修課程」的那檔子事。分明已有不少同學得到了「學分」，至於還未「派司」的，也都在加緊用功，急研戰略。

只有我，太上忘情，做壁上觀；大家都這麼說。

「喂，淸大夫！」陳思謀經過門口對我喊：「你沒課？來我這，咱們聊聊！」

「淸大夫」是我的大號，一碰上別人要考證它的淵源，便使我覺得無限辛酸，但反過來，又有點自得，眞是百感交集。

我是男舍出了名的柳下惠，從來不找女孩玩，甚至連瞄一眼都懶得。對於大家最熱衷的花草新聞，能坐在一旁，眼觀鼻鼻觀心的背書。大家都公認的旁觀者——淸，便封我做一品「淸大夫」。

被拖進陳思謀房間，我往牀上一躺：「有什麼好聊的！」

陳思謀卻不理我，忙跑下樓，買了兩客冰淇淋，兩瓶可樂。

「喂，淸大夫，我請你。」

「爲什麼？」我坐起來，竟發現陳思謀滿臉喜氣，這才想起最近一直泛濫着他的「流言」。

「老謀，看你紅光滿面，恭喜你了呀！」

「嘿，那裏那裏，只是略有進展。」

「那女孩是那裏的？」我本來沒興趣過問的，不過，既然吃了他的東西，只好找話說。

「咦，你還不知道呀！嘖嘖，眞是怪事！」

「我清大夫憑什麼要知道？」

「告訴你吧，是班上的徐菱。」

像一刀截進了胸口，我跳了起來，睜瞪着他：「什麼，徐——菱？」

我頓然又發現有失清大夫的尊嚴，連忙止住口，擺出一付淡然的樣子。

「嗯，想不到吧？」還好陳思謀並沒有注意我：「老實告訴你吧，從大一我就打她的主意了，她這妮子，可調皮得很。總算還好，這次想到了這條妙計。」

「不是說是T大的嗎？」我又想起那些「流言」。也許還有一絲希望。

「哦，原來你聽到的是這個消息。」

「喂，思謀，」我突然義憤塡膺，覺得應該主持公道，卽使有傷我的淸譽都在所不顧：「你可不能腳踏兩條——」

「別忙，別忙！你聽我說。」思謀可有點急了：「我這是一條計，先是散佈流言，說我和T大的一個妞兒很要好，然後我再向徐菱進攻。這一下子，哼，可就手到擒來。教你這秘訣吧，女孩子就這麼賤，當初我對她不知用了多少心思，她理也不理我一下。可是一知道還有別的女孩喜歡我，那可就服服貼貼了啦！」

他一口氣說完，得意非凡。

「李常，因爲你是清大夫，所以我才都對你說了，順便也教你一點方法。可是，你可不能跟別人道出一個字的啊！」

「好的，」我實在聽不下去了，站起來，兩腿竟然撐不直似的。

「咦，看你無精打采的樣子，是怎麼啦？」他突然變得很殷勤。

「沒什麼，」我說：「坐久了腿發痲。」只好又坐了下來。

「大家都說徐菱那妮子又俏又驕，難追，結果也不過如此。」陳思謀像意猶未盡。

「在你之前沒人追她嗎？」我心虛地問。

「起碼，在我監視之下沒人追過她，尤其本校的。」陳思謀說：「大家都怕她，怕她給人碰釘子。」

我輕輕嘆了口氣，既安慰又難過，總算一年多來的防禦工事做得很好；難過的是，自己早思謀一步喜歡她，卻落得這個結局。

「要是有人也正在追她呢？」我突然問。

「不會吧？我已經調查過了，卽使有，我也不退讓。」思謀頓了一下，又說：「除非是你。」

「我？」我睜大了眼睛。

「是啊，你的清譽那麼好，我怕不是對手呢。」思謀的話，不知是開玩笑還是當眞，卻使我非常難過。

站起身，決定走了。

「再坐一會，急什麼？對了，要不要我替你物色一個？我一定幫忙。」

「我是淸大夫，對這類事沒興趣，要你幫什麼忙？」儘量把聲音壓得平平的，表情現得淡淡的，但身子可眞像虛脫似的。簡直是「輕」大夫了，我想。

正悶在圖書館的角落裏看「杜甫」，突然一陣窸窣的衣裙聲，我側頭一看，徐菱正瞪着一對明澈的大眼看着我。正想要跟她點個頭，突然又決定把頭扭回來，裝做沒有看見她一般，用兩手交抱着後頸，兩眼瞪着書本。不跟她說話，總不會出岔吧！

徐菱拉開旁邊的椅子，無聲地坐了下來。

我的眼睛一直瞪着書本，不敢稍微移動一下。此刻，我幾乎有點恨自己了，眞恨自己剛才爲什麼要偏過頭去看她，不看的話，不曉得是她，不就結了？我還恨昨天被她一撞，我原可以不甩她的，因爲是她先撞我的，她道歉，理所當然，我應該昂着頭，裝作若無其事的說聲沒關係，然後瀟洒地離去。這幾天是怎麼搞的，日子像倒轉了過來，一反平時的鎭定，像是回到大一的時代。

最不願觸及的是大一那段日子的記憶，那種對她莫名的傾慕，以及跟她幾次交談的「臨場經驗」，才發覺自己笨得可以，眞怕別人見我這樣而笑我，尤其怕她會笑我。

我只求退一步，海闊天空。

無論如何，再不能做這種有失風度的事了。我強迫自己把注意力擺在書本上，書中自有顏如玉，書中自有顏如玉，徐菱算什麼！

不知道徐菱什麼時候走的，當我發現左邊位子空了的時候，方才那一腦子的恨意空了，代之而起的是一股莫名的悔意。我把書本一推，視線抛向窗外，火紅的太陽一直往對街的樓下墜。

收拾起書本，準備去吃飯。

通過校園那一排柳樹的時候，我一下子頓住了腳，迎面走來的就是徐菱，今天是觸了什麼霉氣，唉！天殺的壞運道。

徐菱的樣子很悠閒，顯然只是在散步，就爲了她這悠閒，已足夠使人生氣。我應該採取什麼行動呢？這一次一定要做得漂亮、乾淨、利落；掉頭就跑，那決不能再表演了；打個招呼，似乎沒這股勇氣；昂首而過吧，總不該這麼盛氣凌人；最後我決定視而不見，裝作沒看到。

我把頭偏過去，慢慢地走，像在欣賞那一片柳樹。

「李常！」嬌嫩的聲音，像磁石一般，我的頭就硬被吸得轉了過來。

「嗯，嗯，徐——徐小姐！」這次說得比較完全，還算差強人意。

「你上那兒去啊？」她已走到近前了。我猛然煞住腳，眞怕不由自主的會撞上她。

「我——」我當眞忽然忘了要上那兒了：「哦，徐小姐，下了課，還不回家啊？」

她噗哧一聲笑了起來：「這校園又不是你的，我下課了溜躂溜躂不可以嗎？」

「可以，可以，」話又說不對，我只好拚命點頭。

她仰頭一看夕陽，那霞紅映着她的臉，光艷照人，我幾乎不敢再看她。

「這校園不是你的，可也不是我的，就讓我們去逛吧！」

「我——」我這才想起是要去吃飯的。但是話還沒說出口，她已經開步走了。

她走到荷塘邊，踩上了小土堆，攀了攀那高處的枝條，一對小麻雀驚飛起來，啁啾着雙雙飛走。

她望着牠們，又傾着頭看一下我說：「聽說你很會做詩？」

「那裏，胡謅的。」說到我的拿手好戲，可眞有點抑不住的興奮。

「我也很想學做詩呢，告訴我做詩的必要條件，好不好？」

「好，第一，要有豐富的情感；第二，要有強烈的感受力；第三，要有敏銳的觀察力；第四，要有豐富的想像力；第五……」我如數家珍，說話從來沒這麼流利過。

「且慢！」她打斷了我的話：「第一，要有豐富的情感，請問你什麼叫豐富的情感？」

對她這問題，我本來覺得好笑，但要解釋起來，卻又不知如何說明，只好應道：「豐富的情感，就是說對宇宙萬物都有濃厚的感情，妳都摯愛他們。」

「宇宙萬物，你是說有生命的，無生命的、會動的、不會動的，都包括在內嗎？」

「嗯，是的。」

「那麼，這些花草木石，是不會動的，那些人類，是會動的，是嗎？」

我不禁迷惑了，瞪着她：「嗯，對呀。」

「那麼，敏銳的觀察力，強烈的感受力是什麼意思？」

「這——觀察力就是對外界的事事物物都能明察秋毫；感受力就是外界加諸於你的影響，或有關於你的反應，要有知覺，要有反應……」

「好，夠了，」她突然說：「可是，你並不如此！」

我驚訝地說：「妳是說我不夠格？」

「嗯，你在詩裏的花呀，草呀，倒寫得蠻親熱的；可是，對會動的人，你卻不但沒有感情，沒有觀察力，也沒有感受力——」

「沒，沒有呀。」

「那你怎麼理也不理人呢！」

這一下我聽懂了，聽得我的身子猛地一抖，心顫顫的。

我頓時又萬念俱灰的，低下頭。

「是我得罪了你嗎？」見我不答，她彎下腰問。

「不，不是的。」我調整了一下音帶，有些事情還是講明白的好：「前幾天，我跟陳思謀在一起。」

「你是時常跟他一起。」她說：「他怎麼樣？」

頓然間，思謀那滿面的紅光，洋洋得意的笑聲，在我眼前耳邊重現，衝激得我心中竟有一股翻騰的怒潮，我咬一咬牙，說：「本來班上的事，我是不聞不問的，妳可知道我的外號——」

「清大夫，」她說，眼睛閃着亮光：「可是你現在要告訴我什麼？」

「是的，因爲這裏邊有我。」

「有你？」她睜着眼，直直地注視着我。

嚥了嚥口水，我把頭猛點了點：「嗯，有我！」

她的眼睛閃着笑意，嘴角彎成弧形，倏然間，低下頭，一點紅暈從耳根生起。

我雖然看見，卻只能自顧自地想着，我終於下定了決心說：「現在，我把思謀講的告訴妳吧！」

「不用了，我已經曉得了。」她搖搖頭說。

「什麼，妳已經知道了？」我驚疑地看着她。

「知道什麼？」經我一問，她卻像茫然了。

「思謀在外面有女朋友是假的，他騙妳，爲的是想……」我忽然覺得有點說不出口。

她笑了一下：「他騙我，他用這種方法對待我，難道我不能以牙還牙？」

「妳說妳也——」

「嗯，我也可以騙他。」她靜靜地說：「對於怎樣的人就要用怎樣的手段。」

我還在搔頭皮，就又聽到她說：「你說是不是，嗯？」

猛一抬頭，竟碰到一股不可抗拒的力量，那麼一縷縷地、一絲絲地，纏到我身上，把我綑得緊緊的，透不過氣來。突然我又感到很「虛脫」……。

（六十一年一月號純文學）

婚禮

筠筠一腳跨進禮堂的時候，有個年輕的男人，左胸掛了張紅條兒，大概是招待，一把攔住她：「小姐，請簽個名。」並且右手伸出來指示她方向。她吃了一驚，他把她當外賓看待了：「噢。」她笑了笑。簽個名也好，淇淇會高興的。

「請入座。」簽了名，她轉身向人羣中索尋着，那位招待又對她說。

「好的。」她只好這麼說，走入來賓席中。

「筠筠。」她一抬眼，是母親在喚她。

「媽！我正在找您呢。」她說，走上前去。

「來了多久啦？」她母親問。

「剛來呢，怎麼招待都是些不認識的人，是男方請來的吧？」

「是呀，一切由他們辦，我可管不了那麼多。」她媽說着把她拉了一下：「來，坐下，陪媽媽。」

「難怪他們都不認識我，以爲我是外賓呢。」筠筠說：「媽，您什麼時候來的？」

「今天一大早趕快車來的，媽那邊好忙。」

她沒有問她母親忙些什麼，她很怕問一些會牽扯到不是她父親，但卻是她母親現在的丈夫的事情。

「筠筠，你呢？」她母親見她不響就問。

「我？哦，我前天就到淇淇那兒，昨夜幫她忙，弄到早上四點鐘才休息呢。」

「難怪，」媽媽愛憐地抬起手來按着女兒的眼角：「眼眶兒都有點紅腫呢。淇淇的事把你忙壞了。」

「自己妹妹的事，當然義不容辭。淇淇長這麼大了，也只讓我幫這麼一回忙。」她說着忽然想起了什麼：「媽，大姐沒來？」

「唔，她來信說會趕來參加婚禮的，孩子拖着，她也不容易抽開身子。」

「小弟呢。」

「呶，那張桌子，」母親順手指了指：「正在嗑瓜子呢，他一來就埋頭吃，還是一副傻不楞登的模樣。」

小弟上初二了，還肥肥短短的，筠筠見母親這樣說，笑了起來。小弟的確有一副憨態，憨得天眞，也憨得可愛，唯其如此，他活得比家裏任何人都快活。

「台台，」她媽朝那張桌子喊了一下，小弟轉過頭來，嘴裏還銜着瓜子殼，看到筠筠就叫了起來：

「呀呵！二姐！」立刻跳了過來：「二姐，什麼時候來的？」

「前天就來了，幫三姐整理東西。」她一手按在台台頭上，遲疑了一下，終於問：「你一個人來的？」

「唔，爸今天早上帶我來的。」台台說，卻不敢看他母親。

「都坐下來。」母親說：「筠筠，你嗑不嗑瓜子？」

正說着，忽然台台又大叫：「媽，大姐，大姐來了。」他又揚起聲叫：「大姐——」

大姐正站在簽名簿旁邊發愣。她受到的招待一如筠筠剛才受到的。她正四面尋找着，聽見聲音，轉過頭來看見他們，揮揮手就快步走過來。

「媽，筠筠，小弟。」她走近了，才挨個的叫。

母親接過女兒手裏的東西，同時牽起大姐的手：「一個人來的呀？亞正和孩子呢？」

「都丟在家裏，小毛身體不好，不能坐長途車。」

「這樣也好，大姐可以出來休息一陣子。」小弟說。

大姐用手拂了一下額上的頭髮，疲倦地笑了一下。母親看在眼裏，疼在心裏，就順勢把她拉着坐下，掏出自己的手絹替她抹着額頭。

「薇薇，是趕着來的吧？你看，一頭的汗。這麼涼的天氣。」

「沒關係的，媽。」她把母親的手按住，自己掏出手絹來。

坐在一邊的筠筠很清楚地看見母親和大姐的舉動，心裏非常傷感。她們兩個一點也不像母女，媽看來比實際年齡輕十歲，而大姐要比實際年齡老十歲。她不曉得母親的風韻怎麼那麼容易保持，她看來比自己父親還年輕。父親只大母親兩歲，但已經是十足中年人的體態了；而母親，除了胖一點，但也不是臃腫，仍然有十足成熟少婦的韻味。難道說，就為了父親看起來比較老，母親就丟下了父親？這當然不可能。母親愛他們子女是無條件的愛，那麼對父親應該也可以這麼愛。長年寄居學校，她實在找不出理由來解釋父母離異的原因。上次接到淇淇的信，告訴她父母要辦離婚手續的事，她就窩在被子裏哭了一夜，沒有什麼比一個破碎的家更叫她傷心。父母感情不睦是事實，但總不應該到水火不容的地步。何況他們都幾乎拿出相等的愛來愛子女的。要是我住在家裏的話，她想，也許比較能諒解父母一些；可是，那樣感受的痛苦一定更深。

「筠筠，」薇薇叫她：「陪我去洗手間一下好吧？」

她們一道走出去，一跨出門檻，薇薇就抓起妹妹的肩膀，湊過頭去低聲問：「筠筠，爸來了沒？」

「來了，」她點點頭：「台台說的，不過我沒看見。」

「待會是誰主持婚禮呢？爸還是媽？」

「不曉得，我也不敢問，我想可能是爸。媽剛才說她什麼都不管的。」

「沒想到淇淇這麼快，跑到你前頭來了。」薇薇感嘆着：「結婚，結婚有什麼好，你看爸媽和我！」

「淇淇很純也很乖，她應該有個好的婚姻。」

「唉，難說。婚前婚後完全是兩回事。有些應該的到後來都變成不應該的了，反而不應該的後來都平平順順的，這種事，眞難說。」

她們來到洗手間，筠筠推開了門。薇薇見沒人，就走到鏡子前，端詳着鏡中的自己。

「你看，筠筠，結婚幾年，我就老了，簡直不能跟你比。」

筠筠不曉得要怎麼說才好，大姐已失去那一份少女的光彩是事實。她知道姐姐婚後不得意，甚至，可以說很失意。不過自己找來的丈夫怨不得別人。爸媽向來很民主，子女可以自由擇偶。淇淇也是自己找的。爸媽雖然關心，卻不操心。大姐這回很失意，他們雖然心疼，但仍然鼓勵筠筠淇淇找男朋友。他們認爲那是必要的事情，不是應不應該的問題。

「小毛和姐夫還好吧？」她很想講出一兩句很中聽的話，想不到，想了半天竟冒出這句最通俗，最實用的應酬話來？說出後她才後悔起來。

「還不是那個樣子，嫁了人就得當老媽子。」

薇薇對着筠筠就不由得嘆氣，也容易發牢騷。在父母面前就彷彿理屈似的不敢訴苦；不過她對婚姻生活非常失望這一點，是全家人，甚至小台台也看得出，感覺得到的。

走回禮堂的時候，樂隊已開始奏樂。那是一首時下的流行歌。

「幾點鐘開始行禮？」

「不太清楚，好像是六點半。」筠筠說：「現在已經過了，還沒有一點動靜。」

「婚禮就是這樣子，上回我的還不是，急死人了。」

「唔——」筠筠答不上話來，在她的記憶中，大姐的婚禮，只是一片輝煌與閃爍。她不曉得要怎麼解釋這種近於痲木了的感覺；不過有一點她是很清楚的，就是一種近於落寞的哀傷層層包圍着她。姐姐嫁人，好像她因此就失去了姐姐似的。事實也證明薇薇已不完全是她的姐姐了，怎麼會是呢，她已經是別人的妻子和母親了，而那種身份是遠遠蓋過其他的。

「想不到淇淇這麼快。」

「遲早總要走的路。」姐姐微喟着：「不過，淇淇是早了點，她才十九歲。唉呀，爸，你看，爸在那兒，咱們過去找他。」

父親正忙着招呼客人，聽見他們的叫聲回過頭來，一見是兩個女兒，非常開心地舉起雙臂攬起她們的肩膀：「唉呀，薇薇，筠筠，是你們，乖，什麼時候來的？」

筠筠在父親的臂彎中有點靦腆。父親就是這種人，把愛當衆抖出來是理所當然。她斜斜掃了一眼遠處的母親，她正往嘴裏遞東西，臉正朝筠筠的方向，鏡片遮住母親的眼睛。她覺得母親是看着他們的，因爲她發現自己正注視她的時候，對方立刻把頭轉了向。母親的臉上像是沒有表情，但似乎又像是裹着很複雜的感情。

「小筠筠，怎麼啦，爸問你話哩！」父親用手敲着她的額頭。

「什麼，爸？」她像從夢中醒來似的問。

「爸問你，什麼時候可以迎頭趕上淇淇？」

「爸，沒有哩。」她的話引起父親的大笑，客人們也都笑了。淇淇紅着臉低下頭，爲着自己嘴急而感到難堪。

「筠筠比淇淇還小。」她父親說，笑得很開心。

還小，父親說得很肯定，他一直也這麼認爲。只有她自己知道她的心境有多老邁。人生的路，總是那樣，要披荊斬棘，到頭來仍是空入寶山。大姐年輕時，出盡了風頭，享盡了榮耀，不料結了婚，進入了眞正的人生，卻把一切年輕的夢，以及年輕的活力與能力都下了油鍋。母親也問過筠筠，大三的女學生了，男朋友也不帶個來給媽瞧瞧。

「沒有，媽。」她每回都這麼說。母親很詫異的瞪圓了眼。她是心想，以我女兒本身的條件那一樣配不上最好的男人？一定是筠筠的條件太高了，於是她說：「筠筠，條件太苛了是吧？」

她沒等鎬鎬回答又接着說：「結婚有時候靠運氣，婚前那一套在婚後派不上用場的。」

母親這話可眞是一針見血，大姐就是現成的例子。她也就是看清了這一點才覺得做這些事沒有意義。像父母親，好好的一個家，應該可以很美滿的，卻如此破碎，更何況一些本來就破碎的家？

「媽，我沒有什麼條件，只是不想結婚而已。」

「結婚有什麼不好？」媽媽說出口，忽然覺得不對，又改口說：「不結婚，怎麼成，人家會怎麼說你？」

人家會怎麼說？鎬鎬心裏嘀咕起來，媽離了婚，又結婚，怎麼就不怕別人說？而我，根本沒結婚，別人倒沒來由的說我？

其實，鎬鎬自己知道，她也正是豆蔻年華，仍然有一點少女的綺思，她怎麼會不希望有個情人，有個朋友兼情人的丈夫？如果她眞要，她要一個能控制她個性的丈夫。那樣使她即使過着物質上最貧乏的生活而精神上仍然覺得幸福。她不是不願犧牲，只是那種犧牲必須使她心甘情願地自我奉獻，不能有一絲勉強。但是，那裏去找這樣一個人呢？她太理智了，理智得羅曼蒂克不起來。她也相信自己永遠碰不到這樣一個人。她母親一點也不曉得鎬鎬的條件只是這麼低——又這麼難，即使曉得，也不可能了解。

「走吧，鎬鎬，」薇薇推了她一下，挽起她的臂：「你今天怎麼，有點神情恍惚似的？」

「哦——」她說：「可能是昨晚沒睡好，幫淇淇整理東西呢。那小東西，什麼也弄不來。」

樂隊終於奏起結婚進行曲，伴郎陪着新郎先入場。筠筠很仔細地盯着妹夫看，這是她第二次看到他。淇淇臉上帶着止不住的笑意，筠筠很能了解他，不論未來的日子如何，今天的這一刹那總是他這一生當中最感到滿足與得意的時刻。他呢，步履輕健，神采飛揚，一切都是理所當然的。伴娘接着入場，筠筠突然覺得很好笑，這個伴娘，單槍匹馬的跟在新郎後邊，小紗巾只覆蓋了她的頭頂。她的頭微揚着，眼睛平視，嘴角閉緊，走起路來一聳一聳的。她覺得這眞是個戲劇性的人物。不過筠筠沒花太多時間去研究她，因爲淇淇接着出來了。是爸爸挽着她的。爸的嘴角掛滿了掩不住的笑意。他高興些什麼呢？爲着女兒找到了一張長期飯票？長期飯票也不可靠，像爸對媽的，就半途作廢了。淇淇微低着頭，眼睛等於是半閉的，小嘴唇也抿得有點緊。四面的紙花彩絮像落雪般飄了她一身。淇淇還小，她有點緊張。淇淇還只是個除了有夢就沒有其他想頭的女孩。筠筠突然希望那條長長的紅地毯永遠也沒有窮盡的時候。那樣，淇淇就可以永遠走在這如夢如幻的花香中。

淇淇的步履盡管慢，還是走到了紅毯的盡頭，司儀開始一連串形式的口號

「淇淇今天好漂亮。」她母親回過頭來對筠筠說：「媽的脖子都翹酸了。」

筠筠看了母親一眼，就因爲母親漂亮，而父親也不錯，才會生出我們這些還擺得出去的女兒。她一直覺得母親應該配父親。她簡直不敢，也一直阻止自己去想像，母親會和一個她沒見過

的人再度建立家庭。母親鑲金邊的眼鏡襯出她的雍容高貴。鏡片表面永遠閃着耀眼的亮光。即使是她的子女也無法透過鏡片進入它的內裏。

「筠筠，怎麼你就沒有一點動靜？咱們家只剩你一個了。」她母親覺得儀式冗長，又看不到淇淇，就低下頭找她談。

「媽，人家跟你說過了嘛。」

「以前那個姓張的叫什麼來着的，他現在呢？」她母親卻不放過難得和女兒在一起的機會。

「媽，那個只是朋友。」

張立新的性情很好，做一個普通的朋友恰到好處。她有很多的朋友，各方面的朋友，只因爲人是多面的，所以朋友也是分門別類的。但是，母親不曉得，一個丈夫就不能像單方面的朋友一樣，只是某一方面的丈夫。丈夫只有一個，尤其不像朋友一樣，選擇之後還有去捨的餘地。這種觀念牢牢地箍住了她，使她再也不願重蹈自己父母的覆轍。

「那麼，那個王應華呢？」她母親又追問。

「媽，都只是朋友。」

做爲一個朋友，尤其是讀書的朋友，王應華最具資格，他學問精博，但是個性古怪。她不敢想像，如果一輩子要和一個只有一方面使自己欣賞的人，而日久很可能連那一點欣賞都將磨滅後的人共同生活。一生一世，只要一想起她要決定一件一生一世的事情，她就失去了決定的勇氣。

何況，她老實的說出來：

「王應華是個書呆子，我看他除了念書從來也沒有過其他的想頭。」

「媽，你看，淇淇換了旗袍出來了。」薇薇說，打斷了她們的談話。

淇淇的大眼睛不再半覆着，粉紅綉花的長旗袍襯出她象牙般的皮膚。也因此更顯得妹夫的黝黑來。淇淇比剛才自然了些，很細緻的微笑着，一隻手套在妹夫的臂彎裏。淇淇眞的還只是個孩子，一副小鳥依人的模樣。在筠筠的印象中，淇淇從小就乖，也很純，也許就是基於此，妹夫才這麼容易得到她。淇淇是這麼好的女孩，她應該有個能體貼她、照顧她、指導她的好情人、好丈夫。筠筠望着他們倆筆直的朝彩燈圈成「花好月圓」四個大字前的桌子走去。那裏坐着爸爸、妹夫的父母親以及介紹人、證婚人。筠筠心裏一陣難過，主人席上沒有母親。用來賓身份參加女兒的婚禮；爲了看清女兒打扮了的樣子，而翹痠了脖子。爲了親眼看女兒的婚禮而勉強再度與父親碰頭。眞是何苦，她想，母親原來可以不必這樣爲難自己的。

主人席上的人都站起來，分開了四處敬酒，淇淇和妹夫繞到她們這邊來，背對着筠筠正在隔桌敬酒。筠筠這一桌有位淇淇的同學轉過頭，戲謔的在淇淇臀部拍了一下。淇淇回過頭來，習慣性的扮了一個可愛的鬼臉。筠筠差點笑出了聲音，淇淇到底只有十九歲，忘了自己是新娘，新娘就要有新娘的樣子，怎麼可以皺起小鼻頭，撅起小嘴唇，扮起慣常的鬼臉來了呢。筠筠聽見母親的笑聲，知道她也看見了，她掉過頭來看母親的時候，正巧見父親向這邊走來，她立刻站了起來：「爸，我敬您一杯。」說時並瞄了母親一眼。她媽一看見筠筠的動作，立刻刹住了笑容，嘴唇抿得緊緊的，低下頭開始吃東西。薇薇同時跟着筠筠也站了起來。

「乖，筠筠，薇薇，」她父親在她們肩上拍了兩下，接受了女兒的敬酒。又說：「爸爸要來謝這一桌的客人。」

薇薇、筠筠坐了下去，其他的客人又都站了起來回敬父親的酒。她們兩個只好尷尬地坐着陪母親吃東西。她父親走時還在女兒肩上按了一下，表示個招呼。

大家坐定後，薇薇附在筠筠耳邊說：「結婚就有這些沒有必要的儀式。」筠筠不曉得要怎麼回答姐姐。薇薇也有過像淇淇目前的心情，只是不曉得，她自然也不希望淇淇將來也落得像大姐這般田地。淇淇遠沒有大姐堅強。

菜一盤盤上來，又一盤盤的撤去，喝了兩口甜湯，她就看見淇淇和妹夫一道走到門口送客。父親及妹夫的父母也站在另一邊。客人開始離桌而去。

「我們也該走了。」她母親摸了摸鬢角，站了起來。兩個女兒尾隨在她後頭，筠筠猛一回頭，「花好月圓」依然很好看的閃在禮桌上，在這人散的時候。

（五十九年三月號純文學）

地獄谷

今天是我們女舍二〇〇室最充滿星期天味道的星期天。

太陽還只爬上窗角，我們八個的喧嚷已經敲破了早晨的寧靜。梳洗、打扮，穿上自己最得意的春裝，準備和×大二〇〇室的八個男孩出遊。

我一邊仔細地編着我的長辮子，一邊想，地獄谷，名字雖然有點恐怖，卻是個很羅曼蒂克的地方。念了幾年大學，最近才聽到它的大名。

我用兩條彩帶紮起長辮的尾梢。小李說，我的長辮子最吸引人了，又黑又亮又長，長及腰部，仍然保持着它的光澤。小李一再表示，如果她是男孩，她就會看上我。可惜她不是，更可惜的是，她自己只有一頭又蓬又焦的黃髮。

「各位打扮好了沒有？」一室長在喊：「八點差十分，要出發啦！」

「慢點慢點！」小張大叫：「我的蝴蝶結還沒別上。」

「男孩子，應該讓他們多等半個鐘頭的。」我也說：「別讓他們以爲咱們太好請。」

「不行，跟人家說八點就八點。」室長轉臉衝着我叫：「小王，你的辮子已梳好了，快來幫小陳的忙。」

「還沒有換洋裝呢。」我慢條斯理的站起來，去取我的衣服。

似乎只有室長一個人是緊張而忙碌的。她是師範生，做事非常負責，卻還沒有對象，不曉得她是否想到過，該對自己負責了。

最後，室長終於把我們一個個推出門外，關上寢室的門，把八張飯票鎖在靜靜的桌上。

當我們浩浩蕩蕩地走出宿舍門口，果然，八個男孩已在等候。室長連連道歉。

「嗨，小姐好難等。」

「久候必佳賓。」

他們一陣亂嚷，一個個介紹。怎麼都一副土相？

「我們先到臺北車站，轉火車到北投！」男方室長一陣號令，大家便開拔上路。

地獄谷、地獄谷，我們最近一直憧憬地獄谷，聽說烟霧迷濛，有如仙境。

我四面看看八個土男生，怎麼一個個鼻上架一副眼鏡？就像我們八個，一人一張飯票一樣，

但是星期天，我們都希望把它放在寢室。

「王小姐，」突然一個在我背後說：「我來替你背包包。」

我看了他一眼，不客氣的把包包遞給他；他早該說這句話的。

「到地獄谷的路很長嘛，走了這麼久。」原來想跟我搭訕。我再扭頭看他一眼，怎麼這麼黑？

「那一系的？」我問。大概是農藝系，晒了太陽。

「我叫徐亮，大氣物理系四年級。」他說：「你呢？」

「物理就物理，怎麼還有大氣小氣之分？」

「哈哈，」他張嘴大笑：「有道理。你是那系？幾年級？」

「歷史，」我不大情願地回答他：「四年級。」

「喲，看不出來，看不出來，」他搖搖頭：「我以爲你大二。」

他好像有點失望，我何嘗不對自己失望；大四了，還在過大一的癮，沒辦法。

「我們寢室都是大四的。」我補充說。

「哦——」他顯然更驚愕：「眞巧，我們也都是大四。」

大四，在某些人來說，是個勝利的符號，然而在我們寢室裏，只是一個悲哀的休止符。

「喂，報告一個好消息，」男室長站在路中央，舉起雙手一揮：「由這裏進去，前面就是地獄谷，各位小心，不要掉進地獄裏去！」

原來是個溫泉發源地，霧氣騰騰，好像煮了一大鍋的滾水。

「哇，好可怕。」小張尖聲叫了起來。

男室長看了她一眼，笑了笑，又高聲說：「還有地獄洞，來過地獄谷而不進地獄洞的人，等於白來。」

小張在洞口探了探頭：「要死呀，這麼黑！」

「沒關係。」室長又說：「待會我們牽你們走。」

我低下頭看徐亮，他正把生蛋放進水裏，眼鏡快滑到鼻尖，要不是他鼻子挺，也許早掉進熱水裏了。

發現他鼻子挺，我才仔細打量他：嘴略大、眉太濃、臉嫌寬，粗看之下，不甚討好，仔細瞧瞧，畢竟也都是男孩的特徵。想想自己，也不過相貌平平，除了那凸出的辮子，但他似乎沒有注意到。

也許我就是太挑剔，才蹉跎了四年。

他突然抬起頭來：「現在幾點幾分，你注意錶，看要多久才熟？」

「哦——」我應了一聲，注意到他的眼睛，不大，甚至有點小，隱在鏡片後面，不注意看不出來。帶眼鏡原來有這種好處，我也該去配一副平光眼鏡。

他站了起來，踢踢腿：「蹲得腳都麻了。」

大約一百七十，個子倒是很標準。

「聽說這裏煮出來的蛋並不好吃。」他說。

「你明明知道，爲什麼還要煮？」

「咦，每個人，只要來到這裏，一定要煮蛋吃，否則，就算白來。」他說：「卽使煮的是生蛋、臭蛋，也要把它吃下去。」

「那有這種規矩？」

「咦，雖然不是誰規定的，可是只要知道的人，來過的人，都要這麼做，不這麼做，他會後悔。」他聳聳肩：「這種蛋帶硫磺味，半生不熟，實在並不好吃。」

「這又何苦？」

「我上次聽人家這麼說，也是跟你一樣的看法，我覺得好好的蛋，何必白糟蹋，在家裏炒了吃多好，我最喜歡吃炒蛋了。」

「那你這次怎麼又糟蹋了它？」

「你聽我說嘛，」他說：「大家都這麼做，你不做，會很彆扭。」他頓了一下，又說：「我們所以會這樣一窩蜂的，是因爲系裏有個很怪的傢伙，就住在我們隔壁，不常上課，喜歡文學哲學什麼的，一天到晚抓隻筆桿，挾本筆記，到處找靈感。有一天，找到咱們寢室去。」

「怎麼樣？」我有了興趣。

「他大蓋特蓋，後來蓋到地獄谷煮蛋，他說，要麼就不到地獄谷去；如果已經去了，就不能不在那兒煮蛋，已經煮了，就不能不把它吃了下去。他說，就像人生——你聽，人家說，他是哲學家哩，他說，就像人生，要麼就不要到這個世界上來，已經來了，就不能不活下去；已經活下去了，就不能不把人生中該吞下去的東西吞下去。」

「這是什麼話！」我說：「莫名其妙。」

「聽着，還有呢！」他越說越得意：「他還說，同樣道理，到了地獄谷，不走一趟地獄洞，就是白來，就像人生，既然生而爲人，而不把人應走的路走完，就是白活了。最後他還附帶一句：人生的路子本身是乏味的。他說得很有意思，我本來記憶力很差的，因爲這話太有意思了，所以都記了下來，你說妙不妙？」

「妙？」我搖搖頭：「簡直像傳道，何妙之有？」

「嘿。你不知道，他蓋得有聲有色，害得我們整個寢室都好想來地獄谷，一時又找不到這麼多女孩。所以約了你們，不想你們剛好也喜歡。」

他竟然把什麼都抖了出來。原來是找不着人才約我們的。

「你們難道都沒有自已的女朋友？」我突然問。

「唔，可憐，」他搖搖頭：「都沒有。」

這話應該由我們室長來說的。

「趕快找呀。」我故作輕鬆的說。

「找不到呀，找到了又不會追，女孩很難追，一追就跑，不曉得要怎麼樣才趕得上？」

他苦苦的笑了起來，我突然覺得他這種傻笑非常可愛。

「那有這種道理？你們恆心不夠，誠意不足。」

「我一追她就跑，她怎麼知道我有誠意恆心？」他又踢踢腿，傻兮兮地說：「不追了，隨便碰一個算了，就像那個人說的，總要把人應走的路走完。不走，我也不會甘心的。」

由他的傻笑，我更覺得他傻得可愛、傻得老實、傻得可靠。

「光碰怎麼行？還是要追的呀。」我說。

「人家不是說姻緣前定嗎？有時運氣好，一碰就碰上了。」他說完，便蹲了下去，撩他的蛋。我也蹲下去，用根竹子撥着蛋，我一傾身，長辮子由肩上滑了下去，由於太長，辮梢及彩帶都跌進了水裏，他沒有看見，我也不想把它提起來。我把竹子往遠處水面一甩，他才偏過頭來看我。

「喲，你的辮子！」他說着，用竹筷子把辮子撩起來：「溼了，怎麼辦？」

「沒關係。」我用手絹擦了擦，便甩到背後去。他沒有說話，便又低頭去撥他的蛋了。

「喂，現在我們走地獄洞。」那室長大聲叫：「有膽的跟我來。」

他們一個牽一個的進去了。

「喂，你不進去呀？」我叫徐亮。

「咦咦，要要！」他站了起來就跑，跑了兩步，又停下來，回過頭：「你怎麼不去？」

「只剩我一個人，我怎麼敢去？」我說。

「噢——我帶你。」他說着便牽起我的手走進去。

他的手掌，潮溼、粗糙，可是厚實有力，也許這就是男人的手。

洞裏漆黑，伸手不見五指，我像瞎子般被他拉着走，過了相當時候，突然燈光一亮，原來他左手還拿了個小手電筒。

「原來還準備了這個。」

「沒這個怎麼行？」他說：「等會要轉彎，不曉得的話，會跟牆壁打 kiss。」

洞裏一股霉味，溼味，雖然難聞，雖然難走，同時又很恐怖，但還是硬着頭皮走完它了。

「好，圓滿結束。」男室長很高興：「我們可以吃蛋了。」

蛋黃變成橘黃色，果然難吃，我們沾了鹽巴，把它吞了下去。大家雖然嘆息着可惜了蛋，還是很願意吃它。

「接下來，我們有一個最好的節目。」男室長站起來宣佈：「我們現在玩一種鬧房遊戲，抽籤決定新娘、新郎，被抽到的人不准推辭。」

正在抽籤時，室長又叫道：「注意呀，假使誰跟誰恰好抽到，那是天作之合，我們大家祝他們白頭偕老。」他說完，放低聲音，開玩笑地說：「希望新郎是我。」

大伙鬨笑起來。

被抽到的不是他，卻是我和徐亮。雖然八分之一乘八分之一的或然率並不難，我和他都很吃驚。在他們的鬧笑中，我們被推到遠處去。

「叫你們的時候才准進洞房，別急呀！」室長說。

徐亮卻只傻楞楞的站着，好像他只是被派來這裏站崗。

「出來出來！」他們邊拍手邊叫，我們走過去，室長塞了一把連根帶土的野花在我手中，我只好揑着。

「要像新娘新郎挽着手。」他們戲謔地說。

徐亮好像有點靦腆了，他提起右手，揑着我的袖子。

「現在，我們全體唱一隻歌，我們是四部齊唱，你們倆要聽出來這首歌的歌詞，否則，要接受處罰。」說完，不等我們答應，就唱起來了。

我們環着走，邊走邊聽，終於湊出四個字：「新婚愉快。」

徐亮很大方很高興的把這四個字念出來，引起他們拍手鬨笑。我突然想起室長說的「天作之合」，也許我們已經到了靠天意替我們安排的時候了。

在歸途，我便靠近徐亮走。背包還是在我肩上。

「今天玩得怎麼樣？」我先搭訕。

「嘿，很有趣，很好玩。」他笑着，並沒有表現出特別的熱情或冷淡：「你不覺得麼？」

「以後還有沒有興趣再玩呢？」我試探地問。

「有機會當然玩得越多越好，快畢業了呢。」

那個男室長突然帶頭領唱起來：

「謝謝你的同遊

偶然的相聚，

也許再也不能相見，

………」

不曉得是那裏檢來的破歌。徐亮也拍着手掌唱起來。

快到宿舍時，我緩下步子問他：

「今天晚上你們有什麼節目？」

「節目？」他搖搖頭：「那裏還有節目，我們一郊遊完，回去洗個澡，就蒙頭大睡，第二天起來，把什麼都忘掉。大學四年，我們都這麼過的。」他說着，還嘿嘿的笑了兩聲，旣不代表快樂，也不表示落寞。

味。

我彷彿掉入了地獄谷，在一片再見聲中，我雖然附和着乾笑兩聲，只有我自己知道那笑的滋味。

（六十年九月二十四日中央副刊
選入中副選集第六集）

後記

地獄谷，是發表的文章中反應最多的一篇，有些朋友認爲是散文，有些認爲是小說，中央日報也發表了兩篇評：李利國的「試評地獄谷」及思兼的「從地獄谷談小說的現實性」。我自己在信件中挑了一篇「工工」先生的，附在文後。並照他的建議把「加」改成「乘」。這件事，在發表後，也有許多朋友提及。高三時學過或然率，知道該用「乘」，不過寫在文章中，並不像做數學那麼計較，否則影響了文氣的活潑，所以我一直認爲「加」可以做「配」的意思來講。不過因爲提到的人很多，而這個「加」字也非「眼」之流，所以還是改過來。

另外義光先生的信，是一位朋友聽說我要出集子，便把義光先生寫給他的信割愛給我，感謝他的厚意，也一併附上。

××先生您好：

拜讀先生大作「地獄谷」後，同爲大學生之一的我，頗有感觸。中國雖追隨世界潮流，早已進入「自由戀愛」的時代，但其所以支持此種制度之男女自由社交基礎卻亟待建立。以前人的婚姻聽「父母之命」，憑「媒妁之言」，雖不能令人滿意，然總省卻男女雙方追尋對象之煩惱。現到了「戀愛神聖」的神（時）代，父母命，媒妁言，皆不足以教我，一切全靠那些毫無經驗的「時代兒女」自己去摸索、去嚐試，沒有勇氣去試驗的，便成了十足的「宿命論」者。不幸得很，後者卻佔大學生的絕大多數啊！此種青年人「新」的苦惱，望先生能多以犀利之筆爲衆生解脫，如此則功德無量矣！　敬祝

愉快！

讀者工工敬上

61年9月24日

P.S.有關鬧房遊戲一段，兩個一起同被抽到的或然率應爲 $\frac{1}{8}\times\frac{1}{8}=\frac{1}{64}$，想必是手民誤植，以加作乘之故。又上。

××：

同樣一個題材，別人寫來拉拉雜雜，旻黎寫來清清秀秀。這篇地獄谷，平平淡淡，平平凡凡，然而淡中有味，凡而有奇，有一股獨特的韻味，令人讀來清爽，舒坦。

這篇地獄谷，有「婚禮」的影子，「與你同行」的迴響。「婚禮」，着重動作與心理的描寫，有漸向中、長篇伸展之勢；地獄谷，字句較以往鍊達，乾脆利落，這應該算是一種「小品小說」。全文一氣呵成，自然成章。

旻黎，不管是人是文，不矯作，不忸怩，眞眞純純，自自然然。很懂得思想，也很懂得顧及別人的思想。

以前我也說過：旻黎頗擅長處理大場面裡的小事物，小人物。世界名著，我看的不多，但似乎也是這個態勢吧。文中有十六個人，或許別人處理起來要拉雜混亂了，旻黎只寫二人的交談情形，主副分明，細細膩膩，不含一粒沙子。

這篇近似張曉風的筆調，但比她更趨平凡自然。這樣的題材，加上適切的俏皮話，是很成功的筆著。

就把感想寫到這兒。這週我接值星，偷着寫信呢。祝

好

義光敬上
61、2、2

撩撥的琴弦

給貝貝的

沿着石階而上，我的心卻直往下墮。

什麼理由使我答應了這個大男孩的邀請？貝貝，假使我告訴自己那是空虛，我只會更加空虛！

我隨着他們的步履而上，跟着他們的莞爾面孔而笑，然而悲哀卻在血液中流竄。畢竟，有許多人是代替不了你的；而你可以包含很多種男孩。可是，我們已經鬧翻了呀。偏偏是在星期六，我不願和不認識的大男孩出遊，可是，也不願陪伴那些痛苦和懊悔的回憶，在這麼一個長長的星期日！

回憶竟像個伺機而出的小偷，每當我一陣恍惚，就跳到意識中來。貝貝，只要一憶及那回爭吵後絕裾而去的情景，心底就止不住吶喊起來。貝貝，作那表情的不是我，至少不該是本來的我。但是，那天，連我自己都感到陌生，臨去我的臉上竟仍然掛着不可一世、滿不在乎的微笑，彷彿你是微不足道、毫無輕重似的。失去了你，我才知道，那份沈重的懊喪，卽使想投進潭底也無能爲力。貝貝，讓我把一切都沈進潭底，我要找一個避風港，我要歡笑，高聲談天。你應該能了解我此刻的心情。當一個人失去了最寶貴的東西後，更需要抓住一點什麼，卽使是浮幻的也好。

勉強自己去講話、去笑，竟那麼吃力，虛僞畢竟不是我的盾。我放棄了努力，靜靜地看着一羣孩子，用塑膠管吸起成串的肥皂泡，在湛藍的水面灑下一片絢麗，又立刻幻滅在空中。突然，我覺得，貝貝，愛情像、也不像七彩的泡沫。它們同樣只有一刹那奪目的光彩，但是，泡沫馬上會幻滅，而愛情，它竟像蔓延不止的長春藤，爬滿且緊緊箍住整個的心房。

我始終不能原諒自己有個幼稚的想法，對愛情的苛求。我知道，淸楚的知道，我不能用神的尺度去衡量一個人。作爲一個人，你是有足夠良好條件的。但是，我竟不能時常去忍耐人類亙古長有的缺陷，那包括你和我自己的。

七彩的泡沫飛向那個撑大船的男孩，他懨懨地，機械地搖着木槳。貝貝，我突然激動起來，他怎麼可能，怎麼可以對象徵着愛情的東西無動於衷，甚至視若無睹？

鏤着「碧潭」的岩石下有個很大的縫隙。

「我們把船盪進去吧。」替我操槳的男孩興致盎然的說。

「呀，不要！」我本能地說了。這怎麼可以，我立刻想到我怎麼可以和一個不是你的男孩，躲在洞洞裏竊竊私語？

大男孩沉默了下來。

許多男孩不懂得應付像我這般古怪的女孩。貝貝，你也不例外，因此，你不懂得在我最空虛的時候闖入我的心坎；你也不懂得在我最需要你的時候來叩門；尤其你還不知道我的心裏正渴求一些什麼。啊，貝貝，人和人之間畢竟是有距離的。

失望後的男孩把船盪向湖心，臉色一片陰霾，我終於忍不住說：「很抱歉。」

他笑笑，說沒關係。也許我們都互相知道對方一些什麼，那就是，我們都在演戲。我突然非常厭惡自己的角色，同時也埋怨他的。貝貝，眼前這個操槳的人如果是你，那多好，我們至少不必演戲，那樣，我的興致會高些。你那麼愛划船，而我們從沒有同舟過。

一葉扁舟，五湖四海，你總愛喃喃地念着，陪陪我吧，靈靈，妳可以躺在船底，我送着妳，雲遊海角，遠涉天涯……過去的話，像瀲瀲漣漪，逐漸盪了開去，再也無法聚攏……

回家時，我們順着逛了容石園，一個清靜的地方，遊客少，松柏夾道，曲徑通幽。身邊同行的只是不是同伴的同伴，踽踽獨行的落寞包圍着我。

「原諒我們今天招待不週。」身後的男孩說。我驚悸地回過頭，不是爲他這句話，而是他的聲音像極了你。

「原諒我！」你也說過的。人與人之間就必須要有無窮的原諒才行。然而你知道，要完全原諒一個人是很簡單的，但是要完全欣賞一個人就太難了。我一直不能用欣賞的態度去對待原諒了你的過錯。不能，任何一個平凡如我的人都不能！

播音器裏，輕輕的流出「與妳同行」，容石園的氣氛一刹那變成極大的諷刺，我遂不能忍耐地嚷着要回家。我不能忍受讓胃和心同時空虛着。

我們來到小食街，擁擠在食攤上操作的是個胖女人，她永遠油膩、勞碌，聽說發了財。

可是她仍然爲金錢而疲於奔命。貝貝，誰曾告訴過她那樣賣力只是被金錢所奴役？貝貝，又有誰能提醒我們，互相爭吵只是被愛情戲弄了？

幼稚，想起自己二十年來，不但沒能掃去一點幼稚，反而增添一些愚蠢。貝貝，我就疲倦於去決定自己的路，一切交給母親吧，那樣，將來的結局縱或是痛苦的，也會少去一份自責的痛苦。

漫天的星輝像紗帳般籠了下來。一天，有着盈盈日光的星期天，竟被我浪費得毫無道理。帳裏的行人成雙，我再也抑不住那份渴望你另一隻手的心悸。啊，貝貝，人爲什麼老是喜歡互相愚弄？以至我們水遠互相猜忌和陌生。我並不如你所說，只是一座封閉的古城呀！

如果你否認，哦，貝貝，那麼讓我們來一段柏拉圖式的情操吧。如果有一天，你也疲於生活，也厭倦了一切，那麼讓我們來共同感受那些只有我們才了解的寂寞吧！

夜已深，時針指着接近明天的時刻。明天，有這麼多過不完的明天，如果每一個明天都像今天一般，多麼不可忍耐！明天，貝貝，明天我將去輕叩你的門扉，讓我們同行在這涼沁沁的夜裏。

給靈靈的

士林，竟像是一朶花，尤其斜斜伸展過去，通往園藝展覽的那條馬路，流動着彩色的人潮，明晃晃的陽光在成雙作對的遊人身上灑滿了碎金。

靈靈，我也夾在人潮中，孤獨地來到這本是我們約好要來的地方。假使妳仍然肯理睬我，那麼別笑我傻，我就那樣執着這萬分之一都不可能有的希望。如果僅是夢幻也好，我期待在這花色繽紛的彩色裏，能突然閃現出妳淺紫的短大衣來。

昨天禁閉在書房，翻到一首詩，靈靈，有幾句妳聽：

我夢見在最好的季節
和妳挽手步過林間，一格一格的是陽光
我們走碎影子，種種聲息種種光澤
種種香味均在心中濾過……

……

妳是垂揚，我是湖，盼望妳輕拂柔撫

蕩漾漣漪，或者妳是水，我是睡蓮

你是平野，我是偃臥的豐草

靈靈，那是妳和我，也因此，我就被想妳的思潮淹沒，而甯可出來作最無意義的追尋。

靈靈，我從來不會有意把往事鎖在記憶門外，即令是痛苦的，我也願意在孤獨中咀嚼。在這樣美的情境下，因沒有妳而失去它的意義時，我就開始我的懊悔。那天，我不該堅持自己的作法，以至我們都固執得忘了自己，也忘了對方的價值。妳的小利嘴像倒水般把一堆話澆在我頭上。我被沖昏了頭，怔忡地站在那兒，只看到妳，甩着馬尾，昂着頭，格登格登地大踏步走了。靈靈，即使我承認所有都是我的過失，我仍然無法了解什麼原因使我們再度陌生、互相迴避。妳那俏皮的馬尾，白皙的臉蛋，噘起的小嘴，以及喜歡眨動的眼眸，所有於我都是一向所熟悉的。就在那一天，那一刻，竟隨着妳那敲心的步伐，逐漸遠去。

今天，在這踩滿了陌生足跡的石板徑上，再也找不到像妳那樣鏗鏘的履聲。靈靈，追尋已成一椿負擔。

什麼原因使我鍥而不捨？什麼力量使我百折不回？不是妳那清麗的面龐——雖然有許多人這麼誤會，但是，靈靈，妳是不能和別人一樣誤會着我的，妳有足夠的慧心來了解我。我自始追求着一種理想，並且找尋一個有靈氣的女孩，來共同創造一份美滿，企及一種境界。而今靈靈，我們相遇，相知，如果我們有緣，還可以靈犀相通。

也許，我只是翦陋而貧乏的。但是，我的心靈是充實而富有的。也因此，才有這份自信來接近妳的心靈，挖掘妳的心靈。

十一月裏，還滾動着爽人的清風，掀着微微的綠浪，成簇的各色菊花開放在晚秋的陽光下。我知道妳一向喜愛菊花和蘭花，一年只有一度，靈靈，我們放棄了原本應該很快樂的假日。我始終後悔，妳眞該來，這些大得異乎尋常的白菊，純淨得像妳最喜愛的白毛衣。而玫瑰園裏的花瓣，豐腴得像妳那透着天然紅的雙頰。

如今，靈靈，妳在那兒呢？這樣一個富於色彩的星期天，像愛情一樣，是無價的。我珍惜兩年來我們共同建築的情誼，雖然妳反覆的情緒使我無措；雖然妳偶爾用一種妳父母的眼光來衡量我。然而，我是堅定的。但是，靈靈，妳也要知道，愛情豈可像物價，用稱來度量？

朝鮮草攤開的地毯，一直伸延到水池邊。有好些年輕人就地躺了下來，看他們一派悠閒的樣子，我頓感乏味。靈靈，什麼緣故呢？只有老年人才不與那樣的。爲什麼我潛意識裏就會要拒絕那一片綠入心底的靑草？以及草上的年輕人？靈靈，失去妳，竟會使我老邁。

今天是眞正甩開朋友的一天，也同時，更深入一層地認識了寂寞的面目。靈靈，妳曾經抱怨過我，怎麼那麼多朋友，男的，女的。靈靈，人怎麼可以沒有朋友呢？當初我們相識正是由朋友介紹的呀。我一直不曉得是否應該感謝那個朋友，他讓我們認識、了解，同時又發生誤會。

一羣孩子在草坪上玩着老鷹捉小鷄，他們玩得很放肆，笑聲像海濤般一浪一浪地捲了過來。靈靈，我的記憶又開了閘，但那於我，已是塵封多年的陳迹了。他們在重演我們幼時的句當，而我們，又何嘗不是在重操前人的角色呢？然而，我仍然眷戀和那羣孩子們同齡的時光。十年前，靈靈，我也只有懵懂，那時的我，雖然不是頂幸福的，至少還是很平靜的。

童年、落日，隨着孩子們的嘩笑而西沉了。遊人像逐漸撤去的宴席，餘下一片杯盤狼藉的感覺。忍不住，我再度跑到古雕漆物的陳列室去，那些被標上了價錢的東西使我眼花。靈靈，那一樣是妳所喜歡的呢？

竟是那樣荒謬，我猛然想起妳喜歡花，就像我猛然憶及早晨應該先去按妳的鈴一樣。我走進蘭花房，幽香縷縷，蝴蝶蘭、東亞蘭、劍蘭……靈靈，這些都是妳所喜愛的。我選了一盆有兩串待放花苞的洋蘭。聽說那象徵着深情的雋永。靈靈，我老早該想到的，這樣好的假日，我怎能隻身前往，空手而來，且又徒勞而返？

歸途，有花相伴，不再被孤獨所蹂躪。收音機正播着「詩情畫意」，妳最喜歡的。記憶中仍有妳婆娑的舞姿。哦，靈靈，假使我們能言歸於好，且不再爭吵，我們的日子不就是詩情畫意了嗎？

捧着一盆待放的蘭花下山，也同時捧着一個含苞的希望下山。靈靈，願這枝花蕊，明晨能和妳一起展顏在妳的窗前！

（六十年十一月號純文學）

訪圖書館記

大學時，雖然也寫過幾篇論文，也跑過圖書館，但總沒像這一年半來這麼地毯式的，這麼饑不擇食的有館必跑。所以會如此，一方面是因正著手收集古典小說資料，一方面又在整理近廿年短篇小說書目。兩者性質既不相同，所以對於傅斯年那樣全然「古典」的圖書館不但要跑，而全然「新文藝」氣質的如道藩圖書館也要跑。

也因跑得多，跑得勤的關係，使我認識了各個圖書館的性質，圖書館居然也像人一樣，有不同的內涵，不同的個性。也因此，每個圖書館都有它的優點及缺憾。

中央研究院是我國首屈一指的公家研究機構，而藏書之富也不下其他圖書館。以歷史語言研究所的傅斯年圖書館而言，撤退時大批從大陸搬運來的珍貴線裝書，是它最紮實的本錢，許多我們遍訪不著的書，都靜靜的躺在這裏。記得我是大二開始來「跑」的，當時已被它的藏書所震撼，至今，仍然覺得它的藏書足以睥睨羣雄。對於有關古籍資料的收集也很注意，像新出版的史學論文索引續編，至今就只有它及故宮圖書館買了。這本續編不像「前編」附有補助索引，可以分類查出資料，我只好花三天時間，在那兒一頁頁的翻查。在那兒，古樸的書香伴以清幽的房舍，直入古人之域，是絕佳的讀書環境。可惜的是開架室太小，所以開架書極少。

就整個文學命脈來說，傅斯年圖書館還有一個缺憾，只能承先，不能啟後，抱殘守缺，不能增添新血。臺灣新出版的書及雜誌，都不能有系統的收集，使得這浩瀚的河流一下子斷了源，似乎難辭其咎。至於對舊資料的整理，雖然它也提出為數不少的集刊，但也有許多寶貴的舊籍，據說自從由大陸搬來後，一直仍一箱箱的細著沒打開過，這毋寧是很大的悲哀。

在名聲上僅次於傅斯年圖書館的是故宮圖書館。不過，以藏書之富及藏書之珍貴而言，它似乎還不能與前者相軒輊。雖然它的開架室遠是前者的四倍，而開架書也琳琅地列滿了四周。但如果抽掉中央圖書館出版的「善本書目」中故宮藏書部分，就像抽掉了這個圖書館的骨頭，它必然會癱瘓了。原因在：它在既有的寶藏上不足以炫耀時，又未能在臺灣新出版的書籍上做十足的充實，又以他處在臺北「邊疆」郊區的地位，利用價值便不大。不過話說回來，故宮圖書館的讀書自然環境是比傅斯年圖書館更好的。以他那足以發人思古之幽情的名字及建築，以及他那優越的物質條件，它都應該是個名實相副的充實圖書館的。

「故宮」除了擁有一宗極好的財產：約七千種善本書外，還擁有一個特別寶藏：清朝的檔案，那是其他圖書館所沒有的。

國立中央圖書館成立的年齡僅次於北平圖書館，在目前它應該是全國首屈一指的藏書機構。也因此，我們對它有更多的要求與希望。對於位在偏遠郊區的圖書館，我們往往會因爲它的「交通不便」而「原諒」它對新出版書籍蒐羅的不全。一般人也因「交通不便」，往返耗時太多，不會爲了一本「非珍本書」竟捨近求遠的跑到郊區去找。因而，一般人便很容易前往南海路找中央圖書館了。

爲了做近二十年短篇小說書目，我曾經經劉兆祐先生引進「侯門深似海」的央館書庫查書。對於一個擁有這樣多書的圖書館，我們原不該對它還有更多的苛求。只因它是冠上了「國立中央」，我們便極希望它能更名實相副些。要求它能集全國古今圖書之大成，該不算過分。而在這方面央館是有一些缺憾的，對於舊板古籍的多寡姑且不論，即以臺灣新版及重印書而言：像四庫全書珍本，書卡上只見初集二集三集四集，獨只不見五集，是不該缺少的。至於小出版社出的書，遺珠更多。而開架的參考室實在太小，有許多叢書是應該開架的，像前邊提到的四庫珍本及方志叢刊等。

書卡的編排也有錯誤的，像四庫全書珍本二集、三集接著是初集再次是四集，五集則付闕如。至於開架書的排列，也有很多令人費解，像「世說新語索引」、「遼史索引」放在目錄室，而其他如燕京學社所出版諸索引又放置參考室。又如「大清歷朝皇帝實錄」置參考室，而「索引」卻置目錄室。

有些比較少人利用的地方，像日韓文室，雖然人少，但也應該把新訂的日韓文雜誌編目，列入書卡。

每天進入中央圖書館的人倒眞不少，閱覽室可以說是坐無虛席。但並不因此而讓人覺得它的「讀書風氣」好，原因很簡單，那些進去看書的人百分之九十以上都是重考大學的高中畢業生，他們都自己帶了高中課本進去念。有幾度形成爆滿的高潮，因而也引起了搶位子的風波。央館爲了解決這個問題，在早晨九點正開門時，不先開正門，而開旁邊的側門，由兩個人把守，只開一條容一人走的門縫，請那些守候者排隊依次進入。我也曾參加過那種行列。一進了旁門，所有的人便大跑步進入正廳，有的是爲自己搶位子，有的是替朋友們占位子，央館還出過一個類似這樣的布告：每人限占一位，不得以書本占空位。

如果早上不能在九點以前先排隊，那麼到了央館正廳，借了書便沒有地方坐下來看書了。我也一度「流離失所」過，便只好站著翻書，當時也有相同情況的「難胞」，正在向「櫃臺」抱怨沒位子，當時「掌櫃」的是個年老的先生，他很不客氣的衝著對方說：「你們年輕人應該站著，有什麼好叫的？像我們這種老人才該有位子坐。」使得抗議的人憤憤不平。央館在這種供不應求的情況下，也採取過部分補救措施，卽在借書臺前增設一張桌子，四把椅子，上邊放一紙卡，寫著此桌保留等字樣，也就是留給晚到借書人用的。僅只四把椅子，當然還是時常發生「人口過剩」的現象。

有一次，在大專聯考完了的第二天，我去央館，正想這時候總該空下來了吧。沒想到仍然高朋滿坐。那天中午我在央館福利社啃麵包時，聽見老板娘跟一個女孩很熱絡地聊天：

「妳考完了？一定很不錯吧！」

「不錯的話還會來這裏？」那女孩說：「我考了一天就知道又完了，所以今天又開始來啦！」

倒眞是「窮且彌堅，不墜靑雲之志」的。

央館應該另闢一處專供讀自己書的閱覽室，現今的閱覽室實在太小，二十張桌子，只容得下一百六十人，一個大圖書館每天裝一兩百人，就證明中國人讀書風氣好了嗎？

做爲一個中國人，我們眞希望能以央館而自豪。

臺灣省立圖書館，在臺灣圖書館藏書中，號稱高踞第三位。不久前才改隸中央圖書館，稱爲「國立中央圖書館臺灣分館」。分館面積雖然不比央館大，但四層大厦，空間多，有發展餘地。它有幾個別緻的特色：設立兒童閱覽室、靑少年閱覽室，及十九個小間研究室，前二者對少年兒童無異是一大福音，後者對需要利用該館藏書；而又需要特別環境的人，可以闢室專研，尤爲一大善政。可惜我個人住家離分館太遠，始終沒機會利用。

分館藏書也有一個特色：舊籍頗多，另有書卡箱，其中尙有爲數不少的日文舊籍，是日據時代留下來的。民國初年出版的書也有一些，我個人最高興的就是在那兒翻出了民國十一年，上海亞東圖書館印的「儒林外史」，在這之前，遍尋不著，只在書目上找到臺中省立圖書館有一本，當時還計劃特地去臺中一趟的，後來從繆天華老師口中探得馮大綸先生手上有一本，也須輾轉介紹才能借閱，分館的發現，眞是一大興奮。

若論起分館的「讀書風氣」，似乎比央館還差。央館還限制了二十歲以上的人才能辦閱覽證，而分館是「巨細不捐」，來者不拒，這固然是圖書館的寬大爲懷，也無形中使分館所有閱覽室都成天在爆滿狀況下，幾乎清一色的是帶著書包的中學生。分館的借書方法也很開通，書可以帶回家，所以，大約也極少人會借了書還想找地方看，也因此它更顯得不像圖書館了。

至於分館的開架「參考室」，並無特色，只有部分常用的工具書及幾套叢書，像四庫全書珍本一至五集，金陵叢書、四部備要，以及明實錄、大清歷朝皇帝實錄，進館利用的人也不多。分館地方頗可發展，如果對書籍的收集能有計劃的努力，成爲名實相副的第三大圖書館是不難的。

個人做了兩度師大的學生，對師大圖書館使用最多，對它的感情最篤。儘管它的缺點也被我看得最多。但總像是自己出生的家一般，雖然貧窮，仍然愛它。

開始勤於上圖書館，是大二時，那時爲了點書，在寢室中總是點不下，老要東摸摸，西弄弄的，一個晚上點不了多少，於是發了狠，每天最少三小時，只帶一隻筆，一本書到圖書館點。師大圖書館早在我念初中時，就聽說它的「讀書氣氛」是出了名的，幾乎十幾年如一日，只要一進閱覽室，便聽不到一點說話聲，也沒人敢打破這個慣例。點書的耐性便是那時磨出來的。只會在圖書館看自己的書，說來還談不上利用圖書館。

一直到做了研究生，有資格進入書庫時，才眞的認識師大圖書館。因爲進去很方便，一有空便溜了進去翻書，也才知道，眞正的圖書館是應該開架的。我想，管理書庫的小姐也許對書相當熟，但並不在行，有許多書是歸錯了檔，或排置不當的，像小說、散文弄錯了，或書目四散擺置，把各校學報放在「教育」檔內，似乎也應斟酌一下，雜誌分類放入各部，實在也欠妥當。對於雜誌的收集，尙須努力。像「幼獅文藝」這麼容易收集的雜誌，館裏竟付闕如。

師大書庫一共五層，第一層，包括雜誌、經濟、法律、社會、國學、教育、宗教、政治、禮俗、語言、物理、化學、生物學。類目繁雜，書卻不多。第二層包括史地、應用科學、農業、藝術、各國文學、比較文學。第三層是西文書。第四層是日韓文及西文書。第五層是東北大學寄存書及普通本裝線書和報紙。以書的量來說，實在不多。一方面因爲書庫太小，新買大套叢書都無立足之地，全被擺在閱覽室，另方面當然也是蒐羅不夠用力。

師大藏書也有它的特色，有一套「東北大學寄存書」，固然是「掠人之美」，舊籍日文書尤爲不可多得，像日本詩話叢書，國譯漢文大成正續編，支那文學大觀、漢文叢書、古典大系、世界短編小說大系、近代劇全集、小泉八雲全集等都極爲可貴，可惜保管不佳，大部分已被蛀蟲啃蝕，或書皮脫損。有些書一抽出來便落下一把像木屑般的紙粉，線裝書尤其需要「養尊處優」，有些書一碰，便像粉般碎了，眞叫人心疼。報紙的收集倒相當早，中央日報從民國三十八年，聯合報自三十七年收起。另外，還有一些缺憾，有部分線裝書，根本未加整理，也沒有登錄，繆天華老師爲了找舊小說，曾經去翻檢過，找出幾本罕本書來，像清朝嘉慶年間刊印的藝古堂本儒林外史，便是僅次於臥閒草堂本的第二古本。類似這些書，讓它湮沒不彰，不知是誰之過？妙的是繆老師特別向管理員聲明，這些都是珍本寶貝，因此管理員便把它鎖進了特藏組保險櫃。等到我去借時，已經變成「珍本特藏」，左也借不出，右也借不出，費了九牛二虎之力，才調出來一個月。

師大開架參考室分割成兩部分，一個遠在東邊，一個屈居西隅，遙遙相望，不注意的人，根本不曉得西邊另有天地，眞是一大缺失。

一般參考室陳列的都是工具書及參考書，師大參考室雖然不大，但什麼都有，有索引、書目、辭典、類書，也有幾套常見的叢書。比較可貴的是：叢書集成初編，已在許多地方見不到了。室內陳書雖然大部分有分類排列，但我們也可以發現「國學論文索引」居然跟「文學論文索引」擺在不同邊的架子上，「文選索引」跟「世說新語索引」也遙遙相隔三張桌子。頗使人費解的是，每逢寒暑假圖書館必然會有一陣子高掛「整理圖書，暫停開放」的停館牌子，也許眞的用心整理過了，所以每隔一段時間，館裏就會來個大搬家，或把一套雜誌搬走，換上一套叢書。我們相信圖書館的性質並不同於故宮展覽古玩一般，每個月都要換上換下新陳代謝一番。至於書的擺設位置，也喜歡調動，常常把這一批書從這個架子搬到另個架子上，使得找書人常常失措。

雜誌的處理，也實令人惘然，部分雜誌像大學雜誌、出版月刊及部分學報，擺在西隅參考室，另一大部分則擺在書庫。在書庫內的也分兩部分，有的在一樓，有的在二樓。而陳列在閱覽室四周的幾套大部頭書，如四部備要、中國方志叢刊以及東方雜誌、四庫全書珍本等，不能列入參考室或書庫，徒做擺飾，實爲一大憾事。

總之，師大圖書館的空間，跟師大的年齡以及它的學生人數都不能成正比。師大目前正在大興土木，只不知那一年才輪到圖書館。卽令不能馬上重建，也該把一、二樓閱覽室全部改成參考室，另闢幾間教室做閱覽室。卽令這樣，跟臺大研究圖書館及政大資料中心，仍然相形見拙呢！

當我們走進臺大研究圖書館時，才會感到：這才像個圖書館。只爲了這一點，偶而心裏竟會泛起「投錯胎」的感覺，這自然跟臺大不像政大那麼歡迎外人的介入有關；好不容易，我才申請了一張爲期半年的閱覽證。

臺大也有總圖書館，各系還有系館；各系藏書，就一個系來說，已相當不弱。而總圖書館，因爲大部分書被搬到研究圖書館，已顯得相當空虛。在總館的卡片箱裏，只有書名、作者卡，卻找不到分類卡，很可惜。一般新出版的書籍、雜誌，都保存在總館。研究圖書館人爲的讀書環境實在非常好，參考室及書庫全部開架，第二層的參考室，不但空間大，光線好，坐位多，參考書也不少，幾套大部頭書，像四庫全書珍本凡五集、四部叢刊、四部備要、國學基本叢書、叢書集成續、三編（不見初編，甚爲奇怪）、萬有文庫薈要、類書叢編及佛道藏經，頗爲壯觀。至於書庫，共有六層：第一層是普通書籍，第二層是裝線書籍，列有久保、烏石山房文庫、古今圖書集成、四部叢刊、方志及民國以來的線裝書。第三層是西文期刊。第四層是中文期刊。第五層是日韓文期刊。第六層是報紙。每層書庫都有十幾張桌椅，排列在窗邊，供閱者使用，實是一大惠政。記得我初入師大總館書庫時，拿本書，站、坐、蹲、踞都不是，不能久讀，終於在角落找出兩張桌椅，才像發現新大陸般，樂不可支，許多東西眞是容易相形見拙啊！

「研圖」書籍有幾個特色：它的書目及索引，收集相當廣，又都能集中放置，給用者方便不少。它的雜誌蒐羅多，可惜部分新雜誌不全。對於新的日、西、中文雜誌及書籍，都能注意添購，是個「古今中外」相當並重的圖書館。它的日韓文書目索引，雖比不上央館，但雜誌及書籍，是臺灣各圖書館之佼佼者。另外，它還擁有兩套線裝文叢：烏石山房文庫及久保文庫，保存了許多偏僻珍貴的文集。

第一層書庫是一般書籍，因爲類目太多，所以不易面面具到。有幾套小叢書，像人人、三民、正中文庫及文星叢刊、小學生文庫等，但中間缺漏不少。大部頭的像百部叢書集成等，頗爲壯觀。

值得特別一提的是，除了對舊籍的保存外，研圖也很注意新書的搜購。像日人著作就相當注意，幾套工程較大，裝璜精美的，如吉川幸次郎全集、中國古典文學大系，凡六十卷。漢詩大系，收集頗廣，從詩經到王漁洋及歷代名詞選。又如中國詩人選集正續編，是從詩經到黃遵憲，這些書都是近年出版的，像後二者都在一九六〇年左右出版，都是有關中國文學的書籍，只有臺大才有。此外像香港龍門書店出版的「文學年報」論文分類彙編，及中國文學研究，都是大陸淪陷以前出版過的舊雜誌彙編，都能適當地買來，足見用心。

書籍的歸檔也不免有錯誤，像立志文叢的「秘密」是現代短編小說，居然孤另另的跟「歷代詩畫家詩文集」一起，書本上的編號，兩者也極接近，奇怪的是，立志文叢在書庫裏也僅有一本。

眞爲研圖的「將來」耽心，因爲它的書庫快放滿了，當初建築時應該多建幾層的。

政大的社會科學資料中心改建之後，氣宇軒昂，一下子，幾乎超越了臺大的「研圖」。在建築上，它有四層樓，每一層都極爲寬敞，總共約二十七個圖書室，每個藏書室也都有相當的空間，全部開架，它的藏書年齡似乎不及師大臺大，但是前途樂觀，有「發展」餘地，可見創辦人的眼光、魄力。

資料中心圖書室多，收藏圖書也很特別，跟師大臺大迥然不同，例如它有會計、統計、財政、經濟、教育、心理、邊政、外交、政治等資料室，都是相當專門的學科資料室。此外，還有大專聯招資料室，及美國政府出版品社會科學資料室，也很特別。又如天放先生圖書室，捐贈圖書室，都富有紀念價值。全館大體而言，泰半是西文書，至於文史方面的書，有文史資料室、普通資料室、藏書不多，不能與師大臺大相頡頏。

圖書室多，分類反而不容易，像「文史資料」跟「普通資料」其區別便很曖昧，其分類擺置便很容易混亂，即令界限分明的如「邊政研究室」陳列了「民俗叢書」、「史學年報」、「百納本二十四史」及「東洋學報」便很令人費解，前三項應該置於文史室，而第四項應置期刊室的。

期刊的陳列，似乎可以仿照臺大，依筆劃次序編排，一目瞭然。至於學報擺置之雜亂無章，那幾乎是所有圖書館都有的毛病。

資料中心還有一個很大的特色，它備有中英文微捲及放映複印工具，並編列了兩本「政大中文微捲期刊論文目錄」及手抄「小說月報目錄」、「續修四庫全書總目提要」、「英文期刊目錄」。提供了部分早年不易見的像小說月報、文瀾學報、新青年、獨立評論等期刊，無異是一大福音。我們相信微捲的數量，也會繼續充實。微捲放映室設備很好，有放映機及複印機，據說這種機器臺灣公立機構，只有臺大地政研究所有一臺。我曾經在那兒複印過一次，因爲極少人看、印，所以機器經久未用，紙張都已潮溼，印的時候報銷不少紙，最後印出來的效果仍然欠佳，但卻別具風味。那天印的時候，中心主任還特地跑來看。微捲室有冷氣機、乾燥機，都是爲了保護機器而設備的，主任頗自豪的解釋著。我們也覺得他有這種魄力，的確值得自豪。

微捲資料的整理可能是找工讀生做的，「小說月報」失之簡略，而「中文微捲期刊論文目錄」也有部分錯誤，像「國立北京大學社會科學季刊」其保存微捲是從第一卷一期至復刊後六卷三期，（民國十一年十一月至三十二年冬），而總目錄卻著錄爲「復刊一至二卷」。（民國三十一年至三十二年）。

政大也有總圖書館，學生似乎比較習慣於去總館。總館的書很遺憾沒有機會進去參觀，但從「國立政治大學中文圖書目錄」上看來，似乎還亟待充實。在總館的書卡箱中，卡片排列甚亂。一般而言，圖書館中文書卡的排列，首先以書名或作者首字之筆劃多寡爲先後。筆劃相同時，則以首筆點橫豎撇爲序，該館雖然也這麼做。但第二步，首字相同的還要依第二字起，逐字再依筆劃及母筆相比，以定先後，該館似乎忘了這一點，查檢起來，徒增許多麻煩。

很遺憾的是，還有許多大學圖書館不能遍訪，只好俟諸異日。

我曾經對中學圖書館發生過興趣，雖然它的藏書必然極少。但自從我在一女中圖書館翻出幾本民國初年上海印的「小說與戲劇」、「文學源流」及「儒林外史」後，便開始打探一些「老中學」的一些老書。可惜學校本身並不重視它，任它發霉生蠹。

中學圖書館還有一些很奇怪的現象，對於新出版的書籍，不大有興趣，倒是買了一些像四部叢刊、兩京遺編、東方雜誌等硬書，學生固然不可能消化它，教師利用它，如果不嫌偏僻也嫌少了些。何不把錢用在充實學生的小叢書上？

臺北有幾個小型圖書館，也很值得注意。像道藩圖書館，雖然不大，但有它的特色。它也是採開架式，以新文藝方面的書爲多。雖然不全——離「全」可能還有一大段距離。但是它有許多早年作者寄贈張道藩先生及張先生自己保存的書，是中央圖書館或其他地方所沒有的。我個人最後補充「小說選集」的資料，就是大部分來自這裏。此外，它還保藏了李辰冬老師從南洋帶回來的一批有關文學批評方面的原文書。知道，而能來此利用的人似乎不多。一般到「道藩」去的人，都只是看看報紙、雜誌及小說。因爲它也不限制閱覽者的年齡，所以有許多中小學生，也喜歡進去看書。

王雲五圖書館也是剛成立不久，雖藏有中外圖書約四萬册，參考書三百種，因爲幾乎全是央館或大學圖書館已具備了，所以特地跑去那兒借書的人不會多。倒是尙未整理好的兩百多種中外雜誌，可能收有在別處早已不易見到的，那麼它的價值必然極高。

耕莘圖書館，也是一個小巧的圖書館，收藏圖書泰半是洋文，書卡也全用英文整理排列。它的藏書不算富有，但都不「通俗」，所以，對於我們想找的任何方面資料，大約都不會空入寶山。此外，它還有一些私人整理的論文剪貼，分類收集中外資料，精裝成册。「耕莘」雖然不一定是「集大成」的，但總會使人有意外收穫，這是極爲可貴的一點。

美國新聞處圖書館，頗類於「耕莘」，它的特色更鮮明：全部外文書籍。（極少數的中文書只是點綴而已），不過它的藏書實在不夠多。它也有一點英文微捲，及一部微捲放映複印機。比較特別的是它還有「電視錄影帶」的播映，讀者可以選擇登記觀賞。

對於這些小型公共圖書館，由於先天條件的限制，自然難與公立大圖書館相頡頏。但要出奇制勝也不是難事。我覺得小型圖書館應建立「特色」，像道藩圖書館，大可以盡力充實新文藝書籍，如果辦不到，可以縮小範圍，充實民國以來的雜誌，如果它擁有十全成套的各種雜誌，豈不也有大圖書館所不及的地方？

從牯嶺街搬到光華商場的舊書攤，如果也算是個「圖書館」的話。那麼這也是個掏寶的好地方。我曾經在那兒買過一百五十元一套的全新線裝影印北宋景祐監本史記。另外，我手邊還擁有五六十本，從舊書攤選來的老書局印的古典小說，像上海的廣益、春明書局、廣州的民智書局及香港的鴻文等書局。版本固然都未必是上選，但大多是時下已絕版了的，才越發可貴起來。

也許因爲搬到光華商場，總覺得特地花時間跑去逛，不如以前偶而經過逛來得與緻淋漓。有時還會覺得，老板們的情緒也沒有以前好，記得前一陣子，爲了查近二十年短篇小說時，曾經拖個朋友一道去逛，邊逛邊抄。有位老板娘看著我們只抄不買，頗爲不高興，只好轉移地盤，到隔壁去，當時一邊翻書也一邊看雜誌，便把抄的紙張擺在書架上，也許太用心了，翻完了一本後才發現紙張不翼而飛。遍尋不著只好作罷回家。記得當時有本選集「道南橋下」是我尙未收錄的，竟使得我耿耿於懷，坐立難安，第二天，一個人跑去重找，總算皇天不負苦心人，果然翻出來了。後來，在中央圖書館分館，也找到這本書，不禁莞薾。

舊書攤全是舊書，有特別風味，可惜的是市儈氣太重。遠不如最近在信義路文化大樓的「黎明讀者俱樂部」來得可愛。黎明也賣書，但店員從不虎視耽耽的，還有桌椅可以坐下來看書，像圖書館又像書店，實在不可多得。

臺北的圖書館，當然也還不止這些，像前邊提到的中央研究院，就不止一個傅斯年圖書館，但是「尺有所短，寸有所長」，我所涉獵的範圍，還是限於文史方面。

圖書館依其性質不同，收藏書的原則也不同。像大學圖書館便以大學各科系參考及研究所須爲主。專門圖書館則專藏某一種學科，或某一問題的資料。而國立圖書館則無所不包，它除了滙集全國文獻、搜羅世界名著、典藏國家珍籍重典外，還要編印全國總書目，及特種書目；像官書目錄、期刊目錄、善本書目等，可謂任重道遠。而無論如何，任何一種圖書館，應該都是充滿生氣的機構，天天有新血補充，有新資料編出來。一個圖書館最起碼的工作，是把該館現有藏書，做個分類書目，目前臺灣有少數圖書館做了，但沒有一本做得「周到」的，所謂周到，是應該把圖書的作（編）者、出版年月日、版本來源（所依據的版本）、册數、版次、頁數及長寬度、有無序跋鈐記，都交待清楚。相信這種要求並不過分。在我所翻檢過的書目中，只有韓國的奎章閣圖書館做得完整。另外，也應該把該館收藏的雜誌做個論文分類索引。而對於買不到的珍本書，圖書館應該可以向其他館甚至國外複印保存下來。對於每一本館藏的平裝書，爲了保存長久，都應該精裝起來的。對於國家圖書館，我們有一個極迫切的希望，每年出版一本完整的「全國出版分類總書目」，這種工作，在國外圖書館已是充分必要的工作之一了。目前中央圖書館每年也曾提供一本圖書目錄，但是否能參照取擷一點外人的長處加以改進？比方說，日本每年由國立國會圖書館編印的「全日本出版物總目錄」便是相當完整的書目。

學問絕非囊中物，可一探而取，固然關係個人主觀、先天的稟賦及後天治學方法的訓練，和長久的考證專研精神，但也關係客觀的設備；像完整的圖書館、工具書等。古人以腹爲笥，誠然偉大，但在今日無法、也不必要效法。臺灣的經濟能急起直追國際水準，誠爲可喜可賀，但在世界的學術地位，似乎並沒有以前來得高，寧能不自省自勵？

（六十四年四月號書評書目）

滄海叢刊已刊行書目（三）

書名	作者	類別
紅樓夢與中國家庭	薩孟武	社會
中國歷代政治得失	錢穆	政治
中國文字學	潘重規	語言
戲劇藝術之發展及其原理	趙如琳	戲劇
佛學研究	周中一	佛學
現代工藝概論	張長傑	雕刻
都市計劃概論	王紀鯤	工程

滄海叢刊已刊行書目（二）

書名	作者	類別
墨家的哲學方法	鐘友聯	中國哲學
韓非子哲學	王邦雄	中國哲學
中國學術思想史論叢(一)(二)(三)	錢穆	國學
中國歷史精神	錢穆	史學
浮士德研究	李辰冬譯	西洋文學
蘇忍尼辛選集	劉安雲譯	西洋文學
文學欣賞的靈魂	劉述先	西洋文學
希臘哲學趣談	鄔昆如	西洋哲學
中世哲學趣談	鄔昆如	西洋哲學
近代哲學趣談	鄔昆如	西洋哲學
現代哲學趣談	鄔昆如	西洋哲學
音樂人生	黃友棣	音樂
音樂與我	趙琴	音樂
爐邊閒話	李抱忱	音樂
琴臺碎語	黃友棣	音樂
不疑不懼	王洪鈞	教育
文化與教育	錢穆	教育
印度文化十八篇	糜文開	社會
清代科舉	劉兆璸	社會
世界局勢與中國文化	錢穆	社會
國家論	薩孟武	社會

滄海叢刊已刊行書目（一）

書名	作者	類別
還鄉夢的幻滅	賴景瑚	文學
葫蘆·再見	鄭明娳	文學
大地之歌	大地詩社	文學
青春	葉蟬貞	文學
比較文學的墾拓在臺灣	古添洪 陳慧樺	文學
從比較神話到文學	古添洪 陳慧樺	文學
牧場的情思	張媛媛	文學
萍踪憶語	賴景瑚	文學
陶淵明評論	李辰冬	中國文學
文學新論	李辰冬	中國文學
離騷九歌九章淺釋	繆天華	中國文學
累廬聲氣集	姜超嶽	中國文學
苕華詞與人間詞話述評	王宗樂	中國文學
杜甫作品繫年	李辰冬	中國文學
元曲六大家	應裕康 王忠林	中國文學
林下生涯	姜超嶽	中國文學
詩經研讀指導	裴普賢	中國文學
莊子及其文學	黃錦鋐	中國文學
孔學漫談	余家菊	中國哲學
中庸誠的哲學	吳怡	中國哲學
哲學演講錄	吳怡	中國哲學